LES

AUDACES. DE LUDOVIC

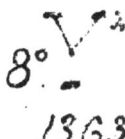

CALMANN LÉVY, ÉDITEUR

DU MÊME AUTEUR

FORMAT GRAND IN-18.

IMPRIMERIE CENTRALE DES CHEMINS DE FER, — A. CHAIX ET Cⁱᵉ
RUE BERGÈRE, 20, A PARIS. — 18918-7.

LES AUDACES
DE LUDOVIC

MES VINGT FRANCS — LE MAUVAIS BRUIT
COMMENT MADEMOISELLE PICOCHE RESTA FILLE
LA DESTINÉE — LE FOU DU DOCTEUR

PAR

PAUL PARFAIT

PARIS
CALMANN LÉVY, ÉDITEUR
ANCIENNE MAISON MICHEL LÉVY FRÈRES
RUE AUBER, 3, ET BOULEVARD DES ITALIENS, 15
A LA LIBRAIRIE NOUVELLE
—
1878

LES
AUDACES DE LUDOVIC

A PIERRE VÉRON.

I

Il s'appelait Boisgaillard, il avait été général;
maintenant il était chasseur, il aimait la campagne, il avait un neveu... Au physique, petit et
musculeux, le torse bien fait, mais une tête à
effaroucher les oiseaux ! Imaginez un visage bour-
soufflé et hâlé avec des cheveux en brosse, des
moustaches de chat, et, sur une paire d'yeux
de braise, des sourcils en saule pleureur : le
tout, sourcils, moustaches et cheveux d'un blanc
de neige, si bien que, lorsque le général s'ani-
mait, le sang lui montant aussitôt au visage, on
eût dit des poignées de ouate sur un bouquet

de coquelicots. Au moral, d'ailleurs, un très-brave cœur et la crème des oncles!

Le général n'avait pas été plus tôt retraité, qu'il s'était pris d'un incroyable amour pour les enfants. Chose étrange! cet homme, qui avait jusque-là passé sa vie à semer le monde d'éclopés, de veuves et d'orphelins, ne connaissait pas désormais de plus doux plaisir que de tenir quelque innocent bambin entre ses jambes.

Il s'était donc empressé d'aller voir au collége le fils de sa défunte sœur. Quand l'enfant lui était apparu tout pâlot, tout malingre :

— Ça n'est pas tout ça, s'était écrié l'oncle, au diable les professeurs! avec leur grec et leur latin, ils vont me tuer ce gamin-là!

Et il l'avait emmené avec lui aux Verrières, en pleins champs.

Ludovic avait alors quatorze ans. Ce n'était plus tout à fait un bambin ; mais, faute de mieux, on prend ce qu'on trouve. Et puis le général avait une arrière-pensée. Il voyait dans son neveu le père de bambins à venir et fondait sur cette idée toutes sortes d'espérances roses et joufflues.

En conséquence, il avait résolu de faire avant

tout de Ludovic un solide garçon. Pendant une
année, il avait pris plaisir à l'initier lui-même
et à l'assouplir aux fatigues de la vie champêtre;
puis, un beau jour, il lui avait dit :

— Voilà une bêche, voilà un filet, voilà un
fusil, voilà un cheval; et maintenant, mon garçon, creuse et retourne le sol à ton gré, jardine,
pêche, chasse, promène-toi, s'il te plait, du matin
au soir à travers champs ou à travers bois; mais
respire-moi l'air à pleins poumons, gagne de
l'appétit et prends des muscles!

Et Ludovic se mit si bien au régime de son
oncle, qu'après quelques années de séjour aux
Verrières, on eût dit non plus un adolescent,
mais un homme des bois.

Entendons-nous, toutefois. Pour un peu de sau-
vagerie dans les allures, ce n'était pas un garçon
à faire peur, loin de là. On s'arrêtait volontiers
pour regarder passer ce grand brun, bien découplé,
qui portait avec une crânerie si charmante le
poids léger de ses dix-neuf ans. Certes, on pouvait se vanter d'avoir élevé un aussi gentil compagnon. Plus d'un oncle eût été fier à moins.

Ah! quand le général avait dit : « Mon neveu! »

Et pourtant il y avait un nuage dans le ciel de cet heureux oncle. — Savez-vous après tout un ciel sans nuage? — Le vieux militaire, accoutumé de longue date à toutes les bravoures, s'était aperçu un jour avec une véritable consternation, que Ludovic manquait totalement de ce genre de courage qui consiste à affronter l'éclair de deux beaux yeux.

Hélas! oui, le jeune homme, si alerte en toute occasion, si brave devant quiconque, tombait presque en pâmoison à la vue d'une femme. Quand la femme pouvait passer pour laide, ce n'était rien encore; mais, pour peu qu'elle fût jolie, adieu toute contenance! Alors, ses pensées exécutaient tout à coup une farandole désordonnée; sa gorge, sèche d'angoisse, restait impuissante à émettre aucun son, et il n'avait plus de jambes que tout juste ce qu'il en fallait pour s'enfuir. Pauvre Ludovic! un minois coquet lui faisait précisément l'effet d'un grand coup dans l'estomac. A-t-on jamais vu cela!

Longtemps peut-être, le bon oncle, qui ne se sentait nullement porté aux fonctions d'inquisiteur, eût ignoré cette particularité étrange du tempérament de son neveu, si le hasard ne se fût chargé de la lui révéler.

Un matin que le général se promenait au fond de son jardin, le long d'un mur attenant au lavoir de la commune, il fut surpris d'entendre le nom de son neveu mêlé à des éclats de rire, à travers le bruit intermittent des battoirs. Le mot de « rosière » avait été prononcé. S'attendant à apprendre quelque fredaine de Ludovic, le bon militaire dressa l'oreille, en s'approchant du mur, le sourire aux lèvres; mais sa stupeur fut complète lorsqu'il comprit que le mot de rosière s'appliquait tout simplement à Ludovic.

—Un si gentil garçon! disait une voix fraîche. Vraiment, ça fait de la peine. Croiriez-vous que, depuis que le père Mathurin a pris Jeannette chez lui, il n'ose plus y entrer comme autrefois pour se rafraîchir?

—Ah! s'exclamait une autre, c'est chose certaine que les jupons lui font peur. L'autre jour, comme nous allions aux champs avec la filleule à Madeleine, voilà-t-il pas que nous l'apercevons derrière nous. Nous, nous ralentissons le pas, comme de juste; mais lui de même ralentit le sien. Alors, nous reprenons notre route, il reprend la sienne. De temps en temps, nous nous arrêtions, histoire de rire; il s'arrêtait aussi. Tout d'un coup, nous revenons sur nos pas. Il devient tout chose, et se jette dans un chemin de traverse. La filleule à Madeleine criait en riant : « Eh ! monsieur... » Ah ben, il était déjà loin !

— Parbleu ! reprit une autre, la grande Margot lui a fait bien mieux que ça. Elle l'aperçoit de loin qui s'engage dans la ruelle, de l'autre côté de la mare. C'était le soir. Vous me demanderez ce que la grande Margot faisait là; mais cela ne nous regarde pas. Toujours est-il qu'en le voyant, il lui vient une idée. Il faisait noir comme dans un four. Elle simule celle qui se trompe et lui tend la main et la joue en disant : « Bonsoir, Pierre ! » Vous croyez peut-être qu'il l'embrasse; car, enfin, c'est ce que tout le monde aurait fait...

— Oh ! s'écria le chœur, tout le monde !

— Eh ben, pas du tout. Il se recule effaré; et, après un moment, d'une voix étranglée : « Mademoiselle, qu'il lui dit poliment, vous faites erreur. »

Sur ces mots, il y eut une explosion de rires, et les battoirs, un moment suspendus, retombèrent de plus belle au milieu de caquetages confus.

Le général était atterré. Pour un homme qui avait des états de service aussi bien remplis que les siens, il y avait quelque chose de profondément humiliant dans ces moqueries de fillettes. Celui qui l'eût vu relever sa tête cramoisie eût pu croire qu'il allait succomber à un coup de sang. Par bonheur, il n'en fut rien. Boisgaillard poussa un soupir à souffler vingt-cinq bougies, essuya la sueur qui perlait sur ses tempes et reprit très-ému le chemin du logis. Il ne dit rien à Ludovic de ce qu'il avait appris; seulement il parut tout le jour abîmé dans de profondes réflexions.

Le lendemain, le général faisait appeler la grande Margot auprès de lui. Il la reçut en souriant.

— Ah ça! jeunesse, dit-il sans plus de préambule, il paraît que mon neveu vous trouve à son gré. Pardieu! vous êtes un joli brin de fille.

Margot ouvrait de grands yeux.

— Ce baiser dans la ruelle..., continua Boisgaillard. Quelle effronterie ! vous voyez que je sais tout.

— Comment ! fit Margot, monsieur le général croit...?

— Ne cherchez pas à dissimuler. Eh ! ce n'est pas à vous que j'en veux, ma mignonne ; je me doute bien que vous ne l'écoutez pas. D'ailleurs, je vous avertis qu'il en conte à d'autres. Ah ! tant que le drôle n'aura pas reçu une bonne leçon !... Vous avez peut-être caché sa hardiesse de l'autre soir. C'est un tort. Il faut démasquer ce sacripant-là. Ne craignez pas de m'être désagréable, au contraire ; vous en diriez même un peu plus qu'il n'y en a, que je n'en serais nullement fâché. C'est le seul moyen d'en finir. Quand il aura quelques bons jaloux à ses trousses, nous verrons bien si mon Ludovic osera continuer ses fredaines.

Le général prit dans sa poche quelques louis qu'il glissa dans la main de son interlocutrice stupéfaite.

— Tenez, ma fille, contez-en, je vous prie, de toutes les couleurs, et revenez me voir le mois prochain. Si vous avez bavardé comme il faut, je saurai reconnaître vos services.

Quand Margot fut sortie, ce fut au tour de la filleule à Madeleine d'être introduite auprès de Boisgaillard. Il lui tint à peu près le même langage, ainsi qu'à Jeannette et à d'autres.

Au bout de quinze jours, le neveu du général jouissait déjà dans le pays d'une réputation déplorable.

Quelques gars s'émurent bien des propos qui couraient au point de chercher querelle à Ludovic; mais le jeune homme fit si bien sentir la vigueur de son bras aux premiers à qui vint cette idée malencontreuse, que les autres n'eurent pas presse de s'aller escrimer avec lui. Là-dessus, ce fut un drôle définitivement posé. L'oncle Boisgaillard se frottait les mains; pour Ludovic, il n'avait plus besoin d'éviter les filles du pays : on les faisait cacher à son approche.

Le jeune homme, enchanté, vivait toujours de la même vie, sans se soucier des étranges aventures dont il était le héros. De temps en temps, le général lui en touchait bien quelque chose pour amener le mot de mariage dans la conversation; mais Ludovic se contentait de répondre : « Où

1

allez-vous chercher de pareilles folies, mon oncle ?» et n'y prenait plus garde.

Quelquefois le général lui disait sur un ton attendri :

— Voyons, mon enfant, cherche une femme, je t'en prie !

— Bah ! répondait Ludovic, à quoi bon ? Ne sommes-nous pas heureux ensemble autant qu'on peut l'être ? Embrassez-moi et n'en parlons plus !

Alors, le général s'en allait, rêvant aux petits-neveux qu'il n'avait pas ; et, sur son chemin, quelque paysan l'abordait en disant :

— Quel gaillard que votre neveu, général ! Croiriez-vous qu'hier encore, il a osé...

Et le vieux militaire recevait la confidence avec une satisfaction contenue ; et, en passant la main sur sa moustache blanche, il murmurait tout bas :

— Du moins, l'honneur est sauf !

II

Un matin que Ludovic cheminait à travers bois, le fusil sur l'épaule, son oreille fut frappée par le bruit sourd et régulier d'un galop de cheval sur la terre humide. Un moment après, deux cavaliers dont il entrevit à peine la vague silhouette passèrent avec la rapidité de la flèche le long d'un sentier voisin; puis le battement cadencé des sabots diminua d'intensité tout à coup. comme si l'un des cavaliers s'arrêtait court, et une voix claire se fit entendre :

— Alcide! Alcide! arrêtez!

Il y avait dans la voix un petit accent de détresse. Ludovic écarta les branches et en deux pas fut dans le sentier. Le jeune homme regarda à droite et à gauche et ne vit personne. Il allait prendre la direction que le bruit lui avait indiquée, quand une ravissante apparition le cloua littéralement sur place.

Sur le fond vert du feuillage, en face de lui, à cheval, quelque chose de charmant, qui ne pouvait être qu'une femme ou une jeune fille, avançait lentement, paraissant chercher des yeux dans l'herbe. Comme ce quelque chose avait alors la tête à demi baissée, Ludovic eut le courage de le regarder.

C'était une enfant de dix-sept ans à peu près,

aux traits fins et délicats, à l'œil vif, au teint clair, un peu petite, et mignonne au possible. Une amazone de drap bleu, qui retombait sur sa hanche en plis harmonieux, dessinait la rare élégance de sa taille; l'ardeur de la course, en faisant monter le sang à ses joues, jetait sur son visage comme un voile rosé. Elle avait retiré son chapeau, qu'elle tenait à la main, découvrant ainsi ses cheveux châtain clair, légèrement cré- pelés sur les tempes. Ce qui frappait dans la jeune fille, c'était la grâce mutine que respiraient sa physionomie et jusqu'au moindre de ses gestes. Sous l'arc délié de ses sourcils s'ouvrait un œil à la fois naïf et moqueur, son petit nez busqué était plein de malice, un coquet sourire retrous- sait le coin de ses lèvres.

Elle releva la tête et appela encore :

— Alcide!

— Voilà, ma belle cousine, voilà, dit une voix piteuse derrière un fourré.

Au mouvement de la jeune fille, Ludovic, instinctivement, s'était reculé. Une branche vint heurter son chapeau, qu'il n'eut que le temps de rattraper. Ce fut tout juste le moment où les yeux de l'inconnue le rencontrèrent. Elle crut que Ludovic la saluait, et, quoique un peu surprise de cette rencontre inattendue, lui répondit d'une légère inclination de tête, puis elle reprit le cours de ses investigations.

Certes, ce n'est pas l'envie qui manquait à notre héros de s'informer de ce que cherchait la belle enfant; mais déjà les mots avaient peine à lui venir à la bouche, si bien que ce fut elle qui dut demander :

— Monsieur, vous n'auriez pas vu par hasard une cravache que je viens de laisser tomber?...

Elle ajouta en souriant :

— Au fait, je suis bien indiscrète de vous adresser cette question... J'ai l'air de vous prier de chercher ma cravache.

Ludovic, fort ému à cette interpellation, jugea qu'il n'avait rien de mieux à faire pour cacher son trouble que de se pencher dans l'herbe.

Il mettait à exécution cette heureuse idée, quand le compagnon de route de la jeune fille parut tenant son cheval par la bride. A sa vue, elle ne put réprimer un bruyant éclat de rire.

— Ah! ah! d'où sortez-vous, Alcide?

Le jeune homme qui répondait au nom d'Alcide se présentait maculé du haut en bas sur un des côtés de son individu. Il paraissait de taille fort exiguë, en dépit des forts talons dont ses bottes étaient exhaussées. Ses cheveux, d'un jaune fade, ramenés très-correctement au-dessus des oreilles, encadraient un visage d'une rare insignifiance. L'œil était bleu sans expression, la tête un peu dans les épaules; avec cela, il était prisonnier dans son faux-col et tout d'une pièce, au point que, pour détourner la tête, il lui fallait en même temps détourner les jambes.

Tandis que ce grotesque personnage s'informait auprès de la jeune fille des causes de son inquiétude et expliquait succinctement comment sa bête effarouchée venait de le précipiter dans une mare au moment même où il accourait, Ludovic, lui, avait poursuivi avec succès ses recherches, et se redressait tenant l'objet égaré.

Il avait pris la cravache par son extrémité flexible, et, avec un mouvement qui ne manquait, ma foi, pas d'élégance pour un sau-

vage de son espèce, il l'élevait vers la jeune fille
en lui présentant le manche à pomme d'argent.

Il faut dire, pour expliquer la hardiesse de
notre timide, que la jeune fille regardait alors
son cousin Alcide, très-occupé de faire disparaître, sans rien perdre de sa dignité, les taches
qui souillaient ses vêtements. Soudain, elle se
retourna, et voyant Ludovic le bras en l'air, fixa
sur lui son regard étonné.

Si le jeune homme avait été troublé du sourire de l'inconnue, je vous laisse à penser l'effet
que lui produisirent ses yeux.

Ici se place un incident très-extraordinaire et
pourtant on ne peut plus véridique. Ludovic
sentit tout à coup les forces lui manquer, à ce
point que la cravache qu'il tendait lui glissa
entre les mains et que la pomme, en faisant
bascule, vint effleurer son visage.

Or, voyez un peu la fatalité! Quand elle aurait
pu lui tomber sur le nez, qu'il avait en l'air,
la pomme d'argent s'arrêta justement sur ses
lèvres.

Ce ne fut qu'un éclair, car Ludovic redressa
l'objet bien vite; mais le mouvement n'avait pas

été si rapide que la jeune fille ne l'eût surpris. N'ayant nulle raison pour le croire involontaire, elle devint rouge comme une cerise. D'autre part, Ludovic était devenu fort pâle. Elle prit vivement la cravache, balbutia un remercîment et dit à Alcide :

— Êtes-vous prêt ?

Quant à Ludovic, il n'attendit pas, pour s'enfuir, que les cavaliers se fussent remis en route.

Le pauvre garçon marchait à grands pas, maudissant la timidité fatale qui lui avait fait commettre une pareille impertinence. Il était si fâché de sa sottise, qu'il ne put s'empêcher, en rentrant, de la conter à son oncle. Le papa Boisgaillard ouvrait de grands yeux. Peu s'en fallut qu'au dénoûment, il ne se jetât dans les bras de son neveu.

— Ah ! le fripon ! ah ! le coquin ! s'écria-t-il gaiement ; il a baisé la cravache de la demoiselle !

— Mais, mon oncle, ce n'était pas du tout mon intention ; je vous jure que j'en suis désolé.

— Désolé ? Ah ! luron, tu veux m'en faire accroire. Et comment s'appelle-t-elle ?

— Je n'en sais rien.

— Où habite-t-elle?

— Je n'en sais rien.

— C'est bon, dit le brave homme dans sa barbe, je le saurai, moi ; et, quand j'aurai trouvé cette petite merveille, il faudra bien que tu l'épouses, mauvais drôle! Ah! tu te permets de baiser les cravaches des demoiselles!

Le général parut très-affairé pendant les jours qui suivirent. Il sortait dès le matin, seul, et ne rentrait que le soir, juste pour l'heure du dîner.

Après le repas, il étendait les jambes comme un homme qui a fait beaucoup de chemin et regardait fixement le plafond sans rien dire, à la façon des gens qui poursuivent une idée. Quelquefois un sourire mal contenu faisait pour un instant rayonner son visage. Il avait l'air très-content de lui. Un soir, en allumant son bougeoir pour aller se mettre au lit, le général dit à Ludovic :

— Tu sais bien, ce grand parc qu'on prétend si riche en faisans?

— Dans la direction du Moûtier?

— Oui, à trois lieues, trois lieues et demie d'ici.

— Bon! je vois cela... avec un château sur la hauteur.

— Justement.

— Eh bien?

— Eh bien, j'ai fait connaissance avec son propriétaire.

— Le marquis de la Chesnaye...

— Tu le connais?

— De nom.

— C'est un homme charmant et, de plus, un chasseur endiablé. Voilà deux ou trois fois déjà que nous nous rencontrons le fusil à la main. Je lui ai beaucoup parlé de ses faisans. Il a compris tout le plaisir que j'aurais à en tirer quelques-uns et m'a très-gracieusement invité à aller passer demain la journée chez lui. Quand je dis « m'a invité », c'est « nous a invités » que je devrais dire, car il est entendu que je te présente.

— Bravo! s'écria Ludovic en battant des mains. Les faisans de M. de la Chesnaye n'ont qu'à se bien tenir. A quelle heure partons-nous?

— Il suffit que nous nous trouvions au château sur les dix heures pour déjeuner.

— Fort bien ; ce n'est pas moi qui serai en retard. Bonsoir, mon oncle.

— Bonsoir, mon neveu.

Et l'on alla se coucher.

Le lendemain, à l'heure dite, la voiture de nos deux chasseurs s'arrêtait devant la grille du château. Un domestique vint leur ouvrir, et, s'emparant de leur attirail cynégétique, indiqua aux visiteurs le perron de l'habitation, où paraissait déjà la silhouette inquiète de leur hôte.

Lorsqu'ils furent au milieu de la grande allée, le marquis se détacha pour venir au devant d'eux, et derrière lui deux femmes et un jeune homme parurent sur le seuil.

— Ah çà ! dit tout à coup le général à son neveu, tu ne sais toujours pas le nom de la jeune fille de l'autre jour?

— Quelle jeune fille?

— La demoiselle à la cravache.

— Non.

— Eh bien, je le sais, moi : elle s'appelle Jenny.

— Qu'est-ce que vous voulez que cela me fasse?

— Tu n'es pas renseigné davantage sur sa demeure?

— Pas davantage.

— Eh bien, c'est ici qu'elle habite.

Ludovic eut un soubresaut.

— Ici?

— Oui, c'est la fille du marquis.

Le jeune homme releva vivement la tête. Le marquis leur tendait la main, souriant. A quelques pas en arrière, les yeux troublés de Ludovic rencontrèrent ceux de la jeune fille qu'il avait déjà vue dans le bois, et que sa gaucherie déplorable avait tant fait rougir. Il se retourna vers Boisgaillard. Le général était radieux.

Ludovic, consterné, ne trouva que trois mots :

— Ah! mon oncle!

III

Le marquis, doué d'un extérieur très-grave, n'en reçut pas moins ses hôtes avec les formes les plus affectueuses. Le général lui ayant d'abord nommé Ludovic, il procéda à son tour à une présentation en règle.

— Ma fille Jenny; Alcide, mon neveu; mademoiselle Reine.

Notre héros, tout étourdi à l'aspect de la jeune fille, dut commencer par chasser le brouillard qui obscurcissait sa vue avant d'apercevoir les deux derniers personnages que venait d'indiquer le marquis.

Dans l'un, il reconnut du premier coup le jeune homme qui accompagnait mademoiselle de la Chesnaye le jour de leur rencontre. Pour l'autre, c'était une grande fille d'âge respectable — un âge très-redouté des femmes — avec un nez trop court et un buste qui n'en finissait plus. Sa maigreur sans égale semblait lui assigner une place toute naturelle dans un musée d'ostéologie. Quand elle frottait l'une contre l'autre ses grandes mains sèches, on eût dit un sauvage de l'Océanie se disposant à allumer son feu. Avec cela elle minaudait à force entre deux touffes de tire-bouchons éplorés, et levait de temps en temps les yeux au ciel pour se donner un air sentimental qui la rendait fort grotesque, et auquel elle

eût sans doute renoncé depuis longtemps si elle
eût jamais ajouté foi aux conseils que lui adressait son miroir. Au trousseau de clefs qui lui
pendait à la ceinture, on devinait sans peine ses
attributions de gouvernante.

Ludovic adressa à mademoiselle Reine un
léger salut ; et la vieille fille se hâta d'y répondre
par une révérence à s'asseoir par terre.

Ces préliminaires achevés, on commença d'é-
changer les banalités d'usage. Le marquis et le
général toutefois étaient seuls à parler, les autres
personnages s'observant avec des attitudes plus
ou moins embarrassées. Alcide regardait Jenny.
qui regardait Ludovic, qui avait l'air de ne pas
la voir.

Sentant instinctivement sur lui le feu croisé
des regards des deux femmes, le jeune homme
pâlissait, rougissait tour à tour. Il faisait sem-
blant d'écouter le marquis pour se donner une
contenance, et, voyant à l'horizon, par-dessus
l'épaule de son hôte, la cime bleue de ses bois
aimés :

— Oh ! que ne suis-je là-bas, tout là-bas ! pensait-il. Maudit soit mon oncle et ses folles idées !

L'oncle Boisgaillard, lui, s'efforçait d'animer tout le monde. Il ne tarissait pas d'exclamations et d'interrogations.

— Ah! les magnifiques arbres! ah! les jolies fleurs! ah! la ravissante habitation! Vous avez un étang? de quel côté? qu'y pêchez-vous?

Et patati, et patata. Le marquis suffisait à peine aux réponses.

— Tiens, dit tout à coup l'oncle Boisgaillard en se retournant, vous faites construire?

— Oui, une nouvelle écurie. Au fait, je ne serais pas fâché d'avoir votre avis là-dessus. Poussons donc jusque-là. — Venez-vous, monsieur Ludovic?

Ludovic ne se le fit pas dire deux fois et emboîta lestement le pas derrière son oncle.

— C'est bien lui, fit Jenny à demi-voix.

— Oui, parbleu! répondit Alcide sur un ton singulier.

M. de la Chesnaye, qui avait déjà fait quelques pas, se retourna, et, à mademoiselle Reine:

— Vous pensez au déjeuner, n'est-ce pas, chère demoiselle?

Mademoiselle Reine inclina la tête

— Eh bien, dit Jenny à son cousin vous n'allez pas tenir compagnie à ce jeune homme?

— Sur ma parole! s'écria Alcide pour toute réponse, je ne conçois pas comment mon oncle reçoit un pareil monsieur!

— Serait-ce quelque pilier d'estaminet? demanda mademoiselle Reine inquiète.

— Si ce n'était que cela!

— Un voleur au bonjour? fit Jenny moqueuse.

— Riez, riez, ma cousine; moi, je ne plaisante pas. Vous vouliez des renseignements: j'en ai pris. Ah! ils sont jolis, les renseignements!

— Mais qu'a donc fait ce pauvre garçon?

— Ce qu'il a fait? Demandez à douze ou quinze filles compromises....

— Ah! fit Jenny qui était devenue un peu pâle.

— Monsieur fait le galant!... un don Juan de village! Il parait que pas une ne lui résiste... Après ça, les femmes sont si bêtes!

— Je vous remercie, dit Jenny.

— Ah! belle cousine!

— Ainsi, reprit mademoiselle Reine, qui écoutait de toutes ses oreilles, il paraitrait que c'est un monstre que ce M. Ludovic?

— Un de ces hommes, mademoiselle, pour qui rien n'est sacré, qui se font un jeu de l'honneur des familles...

Tout en causant, les trois personnages étaient entrés dans la salle à manger. Une petite fille occupée à mettre le couvert avait dressé la tête au nom de Ludovic. Déposant tout à coup la pile d'assiettes qu'elle portait :

— Comment, mesdemoiselles, dit-elle, vous n'avez jamais entendu parler du neveu du général? Ah ben! on en raconte pourtant assez sur lui dans le pays! C'est des choses, voyez-vous, des vraies horreurs. Qu'on fasse la cour à une fille, ça se comprend, à la rigueur, mais à toutes!

— Victorine, dit mademoiselle Reine, occupez-vous du service.

— C'est que ce jeune homme me fait une peur! S'il fallait qu'on se trouve seule un moment avec lui!

— Chut! fit Alcide, le voici.

La petite se recula au fond de la chambre en ouvrant de grands yeux; Jenny, qui paraissait soucieuse depuis un instant, jeta instinctivement un regard à la glace; tandis que mademoiselle Reine, ondulant sous son busc, affermissait des deux mains son corset sur les angles qui représentaient ses hanches.

Le marquis, le général et Ludovic entrèrent. On se mit à table. Le châtelain prit l'oncle Bois-gaillard à sa droite et Jenny à sa gauche; puis, voyant qu'Alcide se disposait à occuper auprès de sa cousine sa place accoutumée, il lui fit signe de se reculer, et, indiquant de la main le siége abandonné :

— Monsieur Ludovic...

Le neveu du général s'assit consterné entre Jenny et mademoiselle Reine.

Je vous laisse à penser si le repas lui parut long. Il restait fixe sur sa chaise, sans oser jeter un regard de côté, mangeant du bout des lèvres, ne voyant pas les plats qu'on lui présentait.

Et Jenny se disait tout bas :

— Est-il possible que ce qu'on raconte soit vrai? Je crois qu'Alcide le charge un peu trop, ce garçon. Qu'est-ce que monsieur mon cousin peut avoir contre lui?

— Pour un si grand criminel, pensait de son

côté mademoiselle Reine, il n'est ma foi pas mal.

Puis la jeune fille reprenait :

— Au fait, il pourrait bien se montrer plus aimable. Me trouverait-il trop enfant pour daigner s'occuper de moi ?

Sur quoi, tendant son verre à Ludovic avec une grâce mutine :

— Oserai-je implorer mon voisin ?...

— Oh! mademoiselle! balbutia Ludovic confus de sa faute.

Et, s'étant emparé de la bouteille la plus voisine, le novice échanson cherchait à part lui quelque chose d'excessivement aimable à dire à la jeune fille en la servant ; mais tout ce qu'il trouva fut :

— Le joli verre que vous avez là!

— Vous trouvez? dit Jenny à qui la langue commençait à démanger un peu. C'est un cadeau de mon père ; il me l'a rapporté d'Allemagne. Oh! tout le monde le trouve très-finement gravé. Voyez-vous, il y a de petits bouquets de myosotis tout autour. Aimez-vous les myosotis? Moi, j'ai une passion pour cette fleur-là. Malheureusement nous n'en avons pas au château. Depuis un mois

que je suis arrivée du couvent avec ma bonne
Reine, j'en ai cherché inutilement aux environs.
On en trouve bien aux bois des Verrières; mais
cela est un peu loin. C'est près du bois que vous
habitez, n'est-ce pas? Mais ne serait-ce pas vous
que j'y ai rencontré un matin?...

Jenny avait prononcé ces dernières paroles
d'une voix moins assurée. A dix-sept ans, on ne
joue pas tout à fait l'indifférence et l'étonnement
à son gré.

Ludovic sentit le rouge lui monter au visage.

— Oh! pensa-t-il soudain, la cravache !

Il articula un « Si, mademoiselle » très-embar-
rassé; et, cherchant à dissimuler son trouble,
saisit vivement le verre qu'il avait devant lui;
mais, par un malin coup du sort, ce fut le verre
aux bouquets de myosotis qu'il porta à ses lèvres.

Jenny, un peu troublée elle-même à cette vue,
crut devoir sauver la situation par un éclat de rire.

— Eh bien, monsieur...., dit la jeune fille.

Et elle ajouta mentalement :

— A peine si nous nous sommes vus, et voilà
que déjà ce jeune homme prétend connaître mes
pensées. Cela est fort indiscret.

Ludovic se confondait en excuses sous le regard courroucé d'Alcide. Il reposa si brusquement le verre sur la table, qu'il faillit le mettre en pièces et accrocha avec sa manche un objet qui s'en alla rouler à terre. Ce n'était autre chose que le rond de serviette de Jenny, un joli petit rond en tapisserie brodé à son chiffre. Ludovic en voulant le rattraper, effleura le bras de la jeune fille.

Elle le regarda se disant :

— Comme il paraît ému.

Lui pensait :

— Elle va chercher son rond tout à l'heure et ne le trouvera plus.

Confus de tant de maladresses, il eût bien voulu tout au moins ramasser l'objet qu'il venait do faire tomber ; mais, pour cela, il fallait se lever, tirer sa chaise, se pencher sous la table, déranger ses voisines ; faire événement en un mot. Ludovic trouva plus simple de chercher, sans en avoir l'air, avec le pied sous la table. Enfin, il se dit :

— Je le tiens !

Son pied venait, en effet, de rencontrer quelque chose de bombé et d'assez souple qui ne répondait pas mal à l'idée qu'on peut se faire d'un rond doublé de carton, à travers la semelle d'une botte.

Il tâcha d'abord d'amener la chose à lui ; puis, s'apercevant que mademoiselle Reine le considérait avec la plus vive attention, le jeune homme fit cette réflexion qu'après tout il pouvait attendre. Seulement, d'instant en instant, il portait le pied au même endroit pour sentir si le rond était bien à sa place.

Pendant ce temps-là, mademoiselle Reine faisait toute sorte de mines extraordinaires.

— Pourquoi diable me regarde-t-elle comme cela ? pensait le jeune homme.

Tout à coup il lui sembla que le rond coulait sous son pied ; il l'affermit avec sa botte d'un mouvement un peu brusque.

La voix de mademoiselle Reine soupira dans son oreille :

— Ah ! vous m'avez fait mal !

Stupéfaction ! horreur ! c'était le pied de la vieille fille que, depuis un moment, il pressait sous le sien.

Ludovic, ahuri, retira sa jambe en arrière, comme si un serpent l'avait piqué. Il eût voulu rentrer sous terre. Par bonheur, on se levait de table. Laissant Jenny et mademoiselle Reine à leurs réflexions, il se hâta de sortir à la suite du marquis et de son oncle, qui prenaient leurs dispositions pour se mettre en chasse. Le général s'inquiétait de ce qu'étaient devenus leurs fusils.

— Informe-toi, dit-il à Ludovic.

Celui-ci rentra dans la salle à manger. Victorine y était seule. Comme les pas du jeune homme se perdaient dans le bruit des assiettes, elle ne le vit que lorsqu'il fut à deux pas d'elle. La petite bonne poussa un cri.

— Pardon, mademoiselle, fit timidement Ludovic en tirant son chapeau, auriez-vous l'obligeance de me dire...?

Mais elle était déjà loin. Au premier mot de Ludovic, elle s'était enfuie à toutes jambes.

— Le drôle fait déjà des siennes ! se dit Alcide, qui parut justement sur le seuil. Ah! je te surveillerai, mon ami !

IV

Quand Ludovic se retrouva en plein air, le fusil à la main, il poussa un formidable soupir de satisfaction. Le pauvre garçon avait bien le droit de souffler après tant de contrainte; pourtant, il ne s'en trouva pas plus tranquille. Que de sottises en une matinée! Et tout cela par la faute de cette timidité maudite. Pouvait-on se montrer plus gauche qu'il ne l'avait été? Quelle idée devaient avoir de lui ces dames! Décidément, il ferait bien de renoncer pour jamais à la société des femmes!

Tel était le thème sur lequel Ludovic, en cheminant, brodait, à part lui, toute sorte de variations aussi peu consolantes les unes que les autres. Vainement tentait-il de se dérober à ce flux de pensées désagréables; elles le talonnaient d'autant plus qu'il s'efforçait davantage de leur échapper.

Ce fut la voix de son oncle qui vint le tirer de sa rêverie.

— Ah ! s'écria tout à coup le général en se penchant vers le sol, un chevreuil a passé par
ici.

— Ce n'est pas étonnant, dit le marquis, le
bois qui avoisine mon parc est suffisamment
fourni de ce gibier.

— Parbleu ! soupira Boisgaillard, le propriétaire de ce bois est un heureux homme !

Le marquis se prit à rire.

— Hé ! cet heureux propriétaire, c'est moi-
même. Mon cher général, nous allons poursuivre
ce chevreuil-là ensemble.

— Ah ! mais un moment ! fit gaiement Boisgaillard, je suis invité aujourd'hui à tirer le
faisan.

— Qu'à cela ne tienne ! dit le marquis ; nous
chasserons notre chevreuil demain, si vous voulez
bien me faire l'honneur d'accepter pour un jour
ou deux l'hospitalité que je vous offre de grand
cœur. Ce ne sont pas les chambres d'amis qui
manquent au château.

— Vous êtes le plus aimable des hôtes. J'accepte
pour Ludovic et pour moi.

Ludovic était demeuré en arrière. Le général

s'arrêta pour donner à son neveu le temps de
le rejoindre.

— Eh bien, lui dit-il avec ravissement, tu as
entendu?

— Oui, mon oncle, et cela me fait beaucoup
de plaisir pour vous.

— Ce qui veut dire que pour toi...?

— Pour moi, je vous demanderai la permission de partir ce soir.

— Comment! est-ce que cette chasse ne serait
pas de ton goût?

— C'est bien de la chasse qu'il s'agit!

— Serait-ce alors nos hôtes qui n'auraient
pas le bonheur de te plaire?

— Mettons, si vous voulez, que c'est moi qui
crains de leur déplaire. J'ai été ce matin d'une
inconvenance, mon oncle...

— Ah bah! dit le général dressant ses épais
sourcils, conte-moi cela.

Quand Ludovic eut achevé, il releva en
souriant sa tête épanouie.

— Et tu parles de t'en aller? Allons donc!
Grand pendard, tu veux rire?

— Quel oncle fou j'ai là !

— Et moi, quel neveu trop sage!

— On ne peut pas raisonner une seconde avec vous.

— On ne peut pas déraisonner un instant avec toi.

— Mon oncle!...

— Mon neveu?

— Laissez-moi partir, je vous en prie.

— Ah! pour cela, je te le défends bien! Sarpejeu! il ferait beau voir que tu t'avisasses de quitter le château sans ton oncle!

— Ah! vous ferez de moi le plus malheureux des hommes!

— Est-ce que ce n'est pas à cela que je travaille depuis dix ans? s'exclama le général sur un ton moitié attendri, moitié railleur.

Ludovic se tut, ne pouvant mieux faire. Seulement, par manière de diversion, il se donna toute la journée un mouvement extraordinaire. Après avoir fait de faisans une véritable hécatombe, il prit les plus longs détours pour rentrer le dernier au château.

Au moment où il mettait le pied dans le salon, se promettant bien de surveiller désormais

le moindre de ses gestes, un objet arrêta ses
regards sur le plancher. Il se baissa pour le
ramasser. C'était un gant, et, la dimension le
disait assez, un gant de femme. Le jeune homme,
l'ayant tourné et retourné se préparait à le
poser sur une table quand la porte s'ouvrit.
Craignant qu'on ne surprît son geste, il porta
vivement ses mains derrière le dos.

C'était justement Jenny et mademoiselle Reine.

— Comment! monsieur, vous êtes seul au salon ?
dit gracieusement la jeune fille.

— J'arrive... mademoiselle... pardon!... balbutia Ludovic.

— Et vous avez fait une bonne chasse? demanda mademoiselle Reine.

Ludovic répondit tant bien que mal, en tor-
tillant le gant entre ses doigts; mais, voyant la
conversation s'engager, il jugea assez sainement
à travers son trouble qu'il ne pouvait pas garder
indéfiniment les mains derrière le dos.

Un autre eût trouvé une jolie phrase pour
demander à laquelle de ces dames appartenait
le gant égaré; mais Ludovic n'avait pas l'habi-
bitude de trouver de jolies phrases à l'adresse

des dames. D'ailleurs, il se demandait ce qu'on penserait de lui voir offrir cet objet si tard. N'était-ce pas à l'entrée même de Jenny et de mademoiselle Reine qu'il eût été convenable de le leur présenter? Le plus simple était certainement de ne rien laisser paraître.

Ainsi pensa Ludovic, qui glissa provisoirement le gant dans sa poche.

L'imprudent! Deux heures après, comme il causait à la fenêtre avec le marquis et tirait négligemment son mouchoir, une phrase prononcée près de lui le fit tressaillir.

— Est-ce que vous ne cherchiez pas un gant, ma cousine?

Ce fut un éclair pour Ludovic. Il se retourna. Derrière lui, à ses pieds, gisait le petit gant, vers lequel Alcide étendait la main. A quelques pas, Jenny, étonnée, regardait. Ludovic se crut perdu si l'on reconnaissait que le gant de la jeune fille venait de tomber de sa poche. Stimulé cette fois par la crainte, il devança Alcide, et, remettant le gant dans sa poche :

— Vous faites erreur, monsieur, ce gant est à moi.

3

Si quelqu'un fut trompé par cette attitude, à coup sûr, ce ne fut pas Jenny. D'ailleurs, l'émotion de Ludovic le trahissait assez. La jeune fille ouvrit un *keepsake* sur la table du salon pour se donner une contenance. Les yeux abaissés sur les pages, elle pouvait laisser courir son esprit à l'aventure.

N'y avait-il pas dans tout cela de quoi faire pencher un front de dix-sept ans? La scène éloignée déjà du bois, celle du matin même à table, et ce gant si singulièrement tombé de la poche du jeune homme! Ce gant ressemblait fort, il faut l'avouer, à quelque amoureux gage secrètement dérobé. Certes Jenny n'osait encore se demander : « M'aime-t-il ? » mais un trouble dont elle avait peine à se rendre compte l'envahissait doucement, et toute sorte de voix, qu'elle ne se souvenait pas avoir encore entendues, murmuraient à son oreille les plus délicieuses choses du monde. ·

Ce soir-là, Ludovic se coucha désespéré. Pour le général, il rêva « petits-neveux ». Des légions de bambins lui apparurent en imagination qui sautaient sur ses genoux. lui pinçaient le nez

et le tiraient par sa barbe. Et lui se pâmait
d'aise en voyant leur nombre augmenter sans
cesse. C'était une véritable nuée de bambins et de
poupons ; il lui en arrivait de partout : de droite
et de gauche, par devant, par derrière, et leur
file bruyante était si longue, qu'elle allait se
perdre à l'horizon, où l'on n'en voyait pas la fin.

V

— Il n'y a plus qu'un moyen de sortir de
cette ridicule aventure, se dit Ludovic, après
s'être longuement frotté les yeux le matin ;
c'est d'avoir une explication avec mademoiselle
de la Chesnaye. Une explication avec une jeune
fille, cela est peut-être un peu vif pour moi ;
mais pourquoi n'aurais-je pas de l'audace une
fois dans ma vie ? Du reste, il n'y a pas à
balancer : c'est la seule chance de salut. Pourtant, si j'allais rester court ! Bah ! en apprenant
mon petit speech par cœur... Je n'ai pas besoin
de lui en dire si long ! Je suppose que je m'approche d'elle et que je lui dis : « Mademoiselle...

mademoiselle... » Je m'embrouille déjà rien que
d'y penser. Voyons, triple sot, un peu de courage ! Je m'approche donc et je lui dis : «Mademoiselle, mes façons ont pu, jusqu'à présent,
vous paraître singulières, mais vous auriez tort
de les mal interpréter. C'est de la maladresse
et pas autre chose. Moi, je suis un peu sauvage,
voyez-vous ; je n'ai pas l'habitude de vivre dans
la société des femmes, et je commets, sans le
vouloir, toute sorte d'impertinences auprès d'elles.
Je vous serai donc obligé de me pardonner, si,
par hasard, je vous ai offensée. » Voilà ce que
je lui dirai. Il ne me semble guère qu'elle puisse
s'en fâcher; et, du moins, j'aurai le cœur net.
Ainsi, je dis bien: «Mademoiselle, mes façons
ont pu vous paraître, etc. »

S'étant ainsi fait la leçon, Ludovic s'habilla
plus tranquille et passa dans la chambre de son
oncle, déjà équipé pour le départ. Ils descendi-
rent ensemble et trouvèrent au jardin le marquis,
Alcide et deux valets, dont un tenait les chiens
en laisse.

Il s'agissait, ce jour-là d'une chasse sérieuse.
On devait relancer le chevreuil, pendant la mati-

née ; à onze heures, on déjeunait à la maison
du garde ; puis, après un moment de repos,
suivant les hasards de la chasse, on devait ou
rechercher la piste de la bête, au cas où elle
aurait échappé, ou fureter à blanc jusqu'au
soir.

Il avait d'abord été question que ces dames
fussent de la partie ou tout au moins du déjeuner ; mais, sur la vive sollicitation d'Alcide,
qui paraissait craindre pour elles plus de fatigue que de plaisir, elles s'étaient décidées à
attendre au château le retour des chasseurs.

Cette conclusion, que le cousin de mademoiselle de la Chesnaye ne croyait guère du goût
de Ludovic, causait pourtant à ce dernier une
double satisfaction. Il avait d'abord la chance
d'échapper pour une bonne partie de la journée à toute contrainte, en se livrant à un de
ses plaisirs favoris, et il entrevoyait de plus la
possibilité d'entretenir un moment Jenny seule
au château, pour peu qu'au retour il devançât
ses compagnons.

Le chevreuil, une fois mis à bas, Ludovic
pensait qu'il lui serait facile de s'écarter, puis

de gagner la maison sans que son absence fût trop remarquée ; mais la fatalité voulut que les chiens ne rencontrassent pas de la matinée, et pour comble de disgrâce, Ludovic, après déjeuner, se vit chargé du soin d'appuyer la meute.

Il n'y avait guère moyen de refuser cette mission délicate ; mais la remplir consciencieusement, c'était s'exposer à manquer absolument l'occasion de se disculper auprès de Jenny.

Dans cette alternative, Ludovic n'hésita pas longtemps : une fois hors de vue de ses compagnons, le chasseur, ô honte ! abandonna lâchement ses chiens à eux-mêmes et reprit en hâte le chemin du logis. Il alla déposer son fusil dans sa chambre, répara du mieux qu'il put le désordre de sa toilette et descendit dans le jardin, non sans un serrement d'estomac.

Il avançait avec précaution, scrutant de l'œil tous les bosquets, cherchant à surprendre un frôlement de robe le long des allées du parc ; et, tout bas, il répétait sa leçon : « Mademoiselle, mes façons ont pu..., etc. »

— Reine, qui donc se promène la-bas ? demanda Jenny, qui passait au bras de sa confidente.

— Je ne vois rien, dit la vieille fille se faisant de la main un abat-jour sur les yeux.

Ludovic, qui venait d'apercevoir les deux femmes, s'était rejeté en arrière. Reine et Jenny prirent un autre chemin. Le jeune homme retourna sur ses pas et les suivit de loin.

— Si l'autre pouvait la quitter ! pensait-il.

Au moindre mouvement de chacune des promeneuses, Ludovic se jetait à droite ou à gauche du chemin.

— Ne dirait-on pas que quelqu'un nous suit ? fit Jenny.

La vieille fille, s'étant retournée, eut peine à dissimuler un geste d'étonnement; pourtant elle répondit :

— Non, tu te trompes.

Ludovic, de plus en plus ému, avait déjà grand peine à rassembler ces mots : « Mademoiselle, mes façons... »

— Si cette situation se prolonge encore un moment, je ne suis plus capable de rien dire !

Tout à coup, il vit Jenny séparée de sa compagne, poursuivre lentement son chemin dans l'allée.

— Seule ! soupira-t-il. Est-ce bien sûr? Oui. Après tout, il ne me faut qu'un instant.

Et il s'élança...

Pour tomber dans les bras de mademoiselle Reine, qui sortait d'un massif avec une botte de chèvrefeuille à la main. La vieille fille joua très-bien l'étonnement :

— Vous ici, monsieur Ludovic ?

— Oui, je...

Il s'arrêta, n'en trouvant pas davantage.

Justement, Jenny se retournait et appelait :

— Reine !

La vieille fille repoussa vivement Ludovic dans le massif en lui disant :

— Prenez garde !

Et elle fit mine de s'élancer vers mademoiselle de la Chesnaye ; mais, dans ce brusque mouvement, Ludovic avait posé le pied sur sa robe. On entendit un grand *krrrrisch*, et la malheureuse robe s'ouvrit en deux dans le sens du travers.

Mademoiselle Reine, éperdue, jeta sur un de ses bras les lambeaux de sa jupe, et de l'autre, tenant son énorme bouquet de chèvrefeuille, avec les pommettes écarlates et ses anglaises lui battant la figure, elle courut vers Jenny à toutes jambes.

— Ah! Dieu! ma bonne Reine, qu'avez-vous?

Ce fut au tour de la vieille fille à balbutier:

— Si tu savais, mon enfant! j'ai eu une peur... M. Ludovic!...

— C'était lui! se dit simplement Jenny, dont l'œil brilla.

Et elle ajouta avec une naïveté un peu forcée:

— Pourquoi est-il donc revenu avant les autres?

— C'est vrai, ajouta mademoiselle Reine, qui crut devoir tendre la perche à sa dignité, que peut-il faire ici?

Et les deux femmes poursuivirent leur promenade sans se communiquer davantage leurs impressions respectives. Après quelques instants pourtant:

— C'est bien lui que je vois entrer là-bas au petit salon du rez-de-chaussée? dit l'une.

— Oui, répliqua l'autre.

Instinctivement, leurs pas se dirigèrent du

côté qu'elles venaient d'indiquer. Une fenêtre donnant sur le jardin était ouverte.

— Pourquoi est-il entré là? demanda Jenny à voix basse comme elles approchaient.

Mademoiselle Reine tourna la tête vers la croisée, et, plongeant un regard dans l'intérieur de la pièce:

— Je crois qu'il écrit.

Sur quoi, elles continuèrent leur chemin avec une apparente insouciance.

Ludovic, en effet, s'était emparé d'un feuillet de papier et y laissait courir sa plume en désespéré.

— Je ne pourrai jamais lui parler, je le vois; eh bien, ce que je devais lui dire, pourquoi ne le lui écrirais-je pas? « Mademoiselle, mes façons... »

Comment n'avait-il pas songé plus tôt à un procédé aussi simple?

Les deux femmes n'avaient pas fait plus de cinquante pas dans le jardin, qu'elles se retournèrent en même temps.

— Nous revenons sur nos pas? demanda Jenny.

— Si tu veux, dit mademoiselle Reine.

En repassant devant la fenêtre, cette dernière jeta encore un coup d'œil dans le salon.

— Il n'est plus là!

— Tu crois? dit Jenny en aventurant un œil à son tour.

Elles s'approchèrent curieusement.

— Ma foi, reprit Jenny après une pause, c'est assez de promenade. Moi, je rentre à la maison.

— Moi aussi, repartit aussitôt mademoiselle Reine.

Quel invincible aimant les attirait vers le salon? Dieu des cœurs frappés, tu le sais! Jenny entra la première. Au moment où elle franchissait le seuil, la tête de Ludovic parut dans l'embrasure de la croisée.

Le jeune homme avait pris son courage à deux mains. Il dit d'une voix haletante :

— Mademoiselle... là... dans ce livre... une lettre...

Et il disparut comme mademoiselle Reine entrait.

A deux pas de là, il essuyait son front baigné de sueur, se disant :

— Enfin, tout est sauvé !

Pourtant, il n'était pas fort tranquille au sujet de son escapade cynégétique. En cela, le jeune homme n'avait pas tort. Ce fut, au retour des chasseurs, une véritable grêle de reproches d'ailleurs mérités.

— Ah! çà, que faisiez-vous? où étiez-vous? qu'êtes-vous devenu?

L'oncle surtout était furieux contre son neveu.

— Grâce à toi, voilà une chasse manquée !

— Dites seulement remise, interrompit le marquis; je prétends que vous emportiez un quartier de ce chevreuil-là. Puisque vous nous restez demain encore.

— En vérité, je crains d'abuser.

— Mais non, mais non; vous me faites le plus grand plaisir.

— Bon! se dit Ludovic, voilà mon supplice prolongé d'un jour, par ma faute. Je l'ai bien mérité. Un chasseur abandonner ses chiens! Enfin, mademoiselle Jenny du moins sait maintenant à quoi s'en tenir sur mon compte.

Cette idée consolante lui donna, pendant le repas, un air presque triomphant. En revanche, c'était au tour des deux femmes de paraître embarrassées. Comme on se levait de table, mademoiselle Reine tira Ludovic à part:

— Imprudent! lui glissa-t-elle dans l'oreille, vous avez failli me perdre; c'est Jenny qui a pris la lettre. Par bonheur, elle l'a déchirée en mille pièces et jetée au vent sans la lire.

Ces quelques paroles firent absolument à Ludovic l'effet d'un seau d'eau sur la tête. Il resta abasourdi sous le coup. Jenny n'avait pas lu sa lettre! Qu'augurait-elle donc du contenu? Évidemment, elle avait pris ce mot d'excuses pour un billet doux. Un billet doux! Il ne manquait plus que cela! Et mademoiselle Reine qui lui reprochait d'avoir failli la perdre! Qu'est-ce que ce galimatias voulait dire?

Un tel assaut de pensées était bien fait pour bouleverser un esprit plus solide que celui de Ludovic. Le sien n'y tint pas. Le visage du malheureux jeune homme passa en un instant par toutes les nuances de l'anxiété: il devint rouge, blanc, jaune, vert. Bientôt il lui sembla qu'il avait un battant de cloche dans la tête. Alors il se dit:

— C'en est trop!

Et, se jetant sur son chapeau, il sortit de l'appartement, l'œil hagard.

VI

Bien que retirée depuis plus d'une heure déjà dans sa chambre, Jenny ne semblait guère pressée de se mettre au lit. Après avoir dépouillé avec une rare lenteur son léger attirail de chiffons, de bijoux et de rubans et fait de la fenêtre au sofa et de l'armoire à la cheminée, ces mille et un tours qui témoignent d'une si médiocre envie de clore l'œil, elle avait passé un peignoir de mousseline blanche et s'était assise devant la glace ouverte sur sa table de toilette.

Elle commença de tirer les épingles qui tenaient sa chevelure prisonnière; mais cela d'une main distraite, et quiconque eût pu l'apercevoir alors eût deviné sans peine que son esprit était ailleurs. Bientôt le mouvement machinal de ses doigts s'arrêta lui-même; Jenny laissa retomber son bras sur le bord de la table, et, vaincue par la rêverie, s'affaissa doucement sur le dossier de son siége.

Une des petites mules de maroquin rouge dont elle était chaussée soulevait le bord tuyauté de son peignoir; et, tout en fixant des yeux sa coquette chaussure, la jeune fille murmurait :

— Avoir fait manquer la chasse pour venir me remettre ce billet !... Que pouvait-il m'écrire? Je l'aurais peut-être su si Reine n'était pas entrée derrière moi. Elle est quelquefois bien fatigante, cette Reine! Je ne dis pas cela à cause de la lettre. J'ai eu raison de ne pas la lire; je ne le devais pas. N'était-ce pas une grande impertinence à ce monsieur d'oser m'écrire? Et puis, quelle imprudence!... S'il était venu à quelque autre l'idée d'ouvrir ce livre avant moi! C'est que mon nom était bien sur l'adresse. Et il y a des femmes pour aimer de pareils effron- tés! Alcide le disait hier. Il est vrai que mon- sieur mon cousin a de trop bonnes raisons que je sais pour mentir. Ah! si celui-là croit que je consentirai jamais à l'accepter pour mari, il se trompe bien. Ce n'est pas que je me sente beaucoup plus de penchant vers l'autre... Pourtant, il faut reconnaître que M. Ludovic est bien mieux que lui... Oh! oui, bien mieux! Quel âge peut-il avoir? Vingt ans. Après tout, que m'importe son âge? ne puis-je donc songer à autre chose?... Mais cela est très-ridicule, un jeune homme que je connais d'hier à peine, car notre rencontre au bois ne peut pas compter pour une présentation. Qui m'aurait dit, ce matin-là, que, quinze jours après, mon père l'inviterait à venir chasser ici? Ce que c'est que le hasard!... Ludovic! ce nom-là ne sonne pas mal... mais pourquoi ce jeune homme occupe-t-il mon esprit malgré moi? N'est-ce pas singulier? Plus je veux l'oublier, plus je pense à lui!

Jenny se leva et alla jusqu'à la fenêtre entr'ouverte, où elle appuya un moment sa tête rêveuse. Comme elle était ainsi debout, aspirant la fraîcheur nocturne et écoutant le bruissement lointain des arbres du parc qu'on entendait sans les voir, elle fut distraite par le craquement d'une croisée qu'on ouvrait au-dessus d'elle.

— Tiens, se dit la jeune fille, M. Ludovic non

plus n'est pas encore couché; lui aussi éprouve
le besoin de respirer l'air du soir.

Et elle revint prendre sa première place en
poussant de la main les battants de la porte vitrée
qui donnait sur son balcon.

C'était Ludovic, en effet, qui ouvrait sa fenêtre.
Le pauvre garçon, à bout de courage après tant
d'épreuves, venait de prendre une grande résolution.

Il s'était dit :

— Tout bien considéré, c'est assez de conces-
sions aux folies de mon oncle. Je renonce à jouer
davantage le rôle de victime. Ne comptez pas,
mon brave tuteur, que je m'expose à endurer
encore une journée comme celle-ci ! Je ne res-
terai pas une heure de plus au château, pas
un quart d'heure, pas une minute. La nuit
est magnifique. Dans deux heures, je serai à la
maison. Une délicieuse promenade ! Mes hôtes
augureront de ma disparition ce qui leur plaira ;
moi, je m'en lave les mains. Le repos avant
tout.

En se disant ces mots, ou à peu près, Ludovic n'avait pas encore la main sur l'espagnolette

de la fenêtre, mais bien sur le bouton de la porte.

— Ah! diable! fit-il tout à coup.

Il réfléchissait que, pour sortir, il lui fallait traverser la chambre de son oncle. Le jeune homme, en se retournant dépité, avisa la croisée. S'élancer, l'ouvrir et plonger dans le vide un regard scrutateur, ce fut l'affaire d'un instant.

La fenêtre s'ouvrait au second étage; mais un balcon régnait sur toute la largeur du premier. Pour Ludovic, c'était un jeu que de se laisser couler de la croisée sur le balcon, et du balcon dans le jardin. Le jeune homme enjamba l'appui de la fenêtre.

A ce moment, il lui sembla distinguer à ses pieds, dans le jardin, comme une paire d'yeux qui luisaient à travers l'ombre. Il y regarda à deux fois; puis, ne voyant plus rien:

— Bah! à la grâce de Dieu! Après tout, j'aime encore mieux avoir affaire à un loup-garou qu'à une femme!

Et le jeune homme commença d'opérer sa descente.

Il glissait déjà le long de la muraille, se re-

tenant des deux mains à la corniche de la fenêtre, quand un projectile, quelque chose comme
une pierre lancée par une main inconnue, vint
le frapper à l'épaule.

Ludovic lâcha la corniche de la main droite,
et pirouettant sur l'autre main, tomba un peu
lourdement sur le balcon en laissant échapper
un cri de douleur; puis, cherchant un point
d'appui derrière lui, il fit mine de s'accoter au
mur; seulement, ce ne fut pas un mur, ce fut
une porte vitrée que son dos rencontra. La
porte entre-bâillée s'ouvrit toute grande, et Ludovic, abasourdi, s'en vint rouler aux pieds de
Jenny.

— Au voleur! au voleur! cria dans le jardin
une voix qui ressemblait fort à celle d'Alcide.

Il y eut entre les deux jeunes gens un moment
de stupeur qui se conçoit. Ludovic s'était vivement redressé sur ses genoux; l'œil fixe, la bouche entr'ouverte, il regardait, avec un air de
consternation comique, Jenny droite devant lui
et non moins effarée.

Tandis que d'une main la jeune fille semblait
vouloir comprimer les battements précipités de

son cœur, de l'autre elle avait saisi le bord de sa table de toilette, où elle s'attachait défaillante.

Avec ses cheveux à demi dénoués, la pâleur sur les traits, la crainte et le reproche tout à la fois dans les yeux, elle était plus charmante qu'elle n'avait jamais été; mais Ludovic avait bien souci de s'en apercevoir! Tout ce qu'il lut dans la contenance de Jenny, ce fut l'indignation. Il voulut lui demander grâce, et, joignant ses mains suppliantes.

— O mademoiselle...

— Partez, monsieur, partez! s'écria Jenny d'une voix brève. Vous venez d'entendre ce cri dans le jardin. On vous a vu. Ah! qu'avez-vous fait?

— Je suis bien fâché... Laissez-moi vous expliquer....

— Rien, rien, partez vite, je vous en supplie!...

Ludovic, en se relevant, venait de porter instinctivement la main à son épaule.

— Imprudent! dit Jenny, vous vous êtes blessé!

— Non, balbutia Ludovic, ne faites pas attention.

Et, ramassant tout son courage, décidé à sortir
à la fin d'une situation aussi fausse :

— Ah ! si je n'avais pas d'autre sujet de tourment ! Mon Dieu ! pourquoi n'avez-vous pas lu
ma lettre ? Vous sauriez...

— Je ne veux rien savoir.

— Il faut pourtant bien que je vous dise...

— Non, taisez-vous, de grâce !

Ludovic se sentit tout à coup dans une fon-
drière. Les efforts qu'il faisait pour se dégager
ne servaient qu'à l'embourber davantage. Il eut
un geste désespéré, et, prenant son front entre ses
mains :

— Ah ! s'écria-t-il, c'est à en devenir fou !

Jenny touchée s'arrêta, et, lentement, sur un
ton de simplicité charmante, elle murmura :

— Vous m'aimez donc bien !

Le jeune homme, au comble de l'exaspération,
releva la tête. Il croisa les bras, regarda pour la
première fois Jenny en face, et, avec un admirable sang-froid :

— Moi, mademoiselle ? Mais je ne vous aime
pas !

Jenny reçut ces paroles comme un coup en

pleine poitrine. Le rouge monta subitement à
ses joues, puis une mortelle pâleur; ses bras se
raidirent, ses yeux se fermèrent, et la pauvre
enfant chancela. Ludovic n'eut que le temps de
s'élancer pour la recevoir.

— Mademoiselle, mademoiselle!... Allons, bon!
la voilà qui se trouve mal!

Il la souleva entre ses bras pour la porter jusqu'au sofa. Dans le trajet, une des petites mules
de maroquin rouge qui chaussaient le pied de la
jeune fille était tombée sur le tapis. Ludovic, ayant
déposé son mignon fardeau, venait de se pencher
pour ramasser la pantoufle microscopique, lorsqu'une porte s'ouvrit derrière lui. Il fit un soubresaut en se trouvant face à face avec mademoiselle
Reine.

— Juste ciel! s'écria la pauvre vieille fille
stupéfaite.

La réponse fut un gigantesque patatras. Ludovic, accroché la table de toilette, qui s'était
renversée avec tous ses accessoires.

— Comment êtes-vous entré? reprit mademoiselle Reine.

Ludovic hors d'état d'articuler un mot, indiqua

du doigt la fenêtre. La vieille fille leva ses bras désespérés vers le plafond.

— Ah! s'écria Ludovic avec vivacité, je vous jure bien que je ne m'attendais guère à tomber ici.

— Ce qui veut dire, pensa mademoiselle Reine, qu'il s'attendait à tomber ailleurs. Le malheureux! Il s'est trompé de fenêtre... Je pourrai dire que je l'ai échappé belle!

Tout en donnant ce petit satisfecit à son amour-propre, elle avait couru à Jenny :

— Chère enfant, ma mignonne, reviens à toi!

Elle imbibait d'eau le coin d'un mouchoir dont elle bassinait les tempes de la jeune fille.

— Monsieur, dit-elle, passez-moi l'eau de Cologne.

— L'eau de Cologne? dit Ludovic, regardant tristement le plancher jonché de flacons et d'ustensiles sans nombre.

— Au même instant, des bruits de pas commencèrent à se faire entendre, mêlés à des éclats de voix dans l'escalier et dans les corridors.

— On vient! dit Ludovic.

— Disparaissez! s'écria mademoiselle Reine.

Et, regardant le plancher à son tour :

— Mon Dieu ! quel désordre ! Vite ! vite !

Elle redressa la table et se mit à ramasser les objets pêle-mêle, aidée de Ludovic. Jenny poussa un soupir.

— Je suis à toi, ma toute belle !

— Mais c'est mon tire-cartouches que vous tenez là, dit tout à coup Ludovic.

— Comment ?

— Je l'aurai laissé tomber en entrant ici. Justement voici mes clefs sur la table.

— Prenez vite et sauvez-vous ! Qu'est-ce qu'il vous manque encore ?

Ludovic se tâtait.

— Je ne sais pas... Ah ! mon portefeuille.

On frappa à la porte.

— Jenny ! Jenny !

— Le marquis ! dit mademoiselle Reine ; partez !

Et, comme Ludovic se ressaisissait en hâte de quelques objets à lui, égarés parmi ceux de Jenny, la vieille fille éperdue se mit à lui fourrer dans les poches tout ce qui lui tombait sous la main sans cesser de crier :

— Voilà, monsieur le marquis, voilà !

— Vous me donnez un bonnet, dit Ludovic, ça n'est pas à moi. Où est mon chapeau? Ah! je l'ai sur la tête.

— Mais partez donc! dit-elle en le poussant par les épaules.

Le jeune homme s'élança sur le balcon. Il était temps, car le marquis menaçait d'enfoncer la porte.

Au moment où Ludovic sautait dans le jardin, une main vigoureuse le saisit au collet et le général Boisgaillard s'écria :

— Je le tiens!

— Mon oncle!

— Mon neveu!

Le général, ayant repris sa respiration, continua :

— Comment! c'est donc toi qui étais chez la demoiselle?

— Hélas! oui.

— Eh bien, mon drôle, tu mènes rondement les choses. Te voilà donc marié. Palsambleu! on peut dire que c'est enlevé à la baïonnette.

— Comme ça, mon oncle, vous croyez que je vais être obligé...?

4

— Sans doute.

Ludovic se dégagea de l'étreinte enthousiaste de son oncle et prit la fuite.

— Ah ! dit le général radieux je reconnais mon sang !

VII

Quand Ludovic se réveilla, le lendemain matin, dans sa chambre des Verrières, il fut un bon quart d'heure à reprendre ses sens. La tête sur l'oreiller et les yeux au mur, il tâchait de remettre en ordre dans son esprit la suite d'événements des jours passés. En voyant devant lui les plis accoutumés du rideau et les bouquets bien connus du papier, il se demandait s'il n'avait pas été seulement le jouet d'un infernal cauchemar. Une légère toux mal réprimée vint le tirer de cet état de demi-torpeur.

Ludovic tourna la tête et vit au pied du lit son oncle, qui, le dos renversé dans un fauteuil et les jambes croisées, attendait philosophiquement son réveil.

Le jeune homme se dressa sur son séant.

— Est-ce que tout cela est arrivé, mon oncle?

— Oui, mon neveu, tout cela est arrivé, répondit Boisgaillard, en ponctuant sa phrase d'un énorme soupir.

— Alors, j'épouse?

— Non, Ludovic, tu n'épouses pas.

Ce fut au tour du jeune homme de pousser un robuste soupir; seulement, celui-là était un soupir de satisfaction.

— Ah! mon oncle, racontez-moi cela.

— Mon Dieu, c'est fort simple. Comme tu venais de me quitter hier au soir, je rencontre le marquis dans l'escalier. Il me dit: — «Monsieur, votre neveu... ». Je ne le laisse pas achever... — « Est un fieffé coquin, lui dis-je, je le sais; mais soyez persuadé que c'est aussi un galant homme qui connait ses devoirs. — Ses devoirs, ses devoirs! reprend le marquis; il me parait au moins ignorer étrangement ceux de l'hospitalité. — Que voulez-vous! lui dis-je, on, a vingt ans, le cœur parle... — Il s'agit bien de cœur qui parle! interrompit-il encore; on ne compromet pas une jeune fille de cette

façon-là... » Le ton de mon interlocuteur me
fait monter la moutarde au nez ; je lui dis :
« Eh ! monsieur, de quelle façon voulez-vous
qu'on la compromette ?... Allons au fait, ces
enfants s'aiment ; eh bien, nous les marierons.
— Nous ne les marierons pas. — Vous vous
opposez à cette union ? — Ma fille s'y refuse.
— Ah bah ! — Et moi, je renvoie ma fille au
couvent. Voilà. » Ma foi ! cette réponse me ferme
la bouche. Ne sachant plus que dire, je salue le
marquis en lui adressant mes plus humbles
excuses, et je remonte à ma chambre. Ce matin,
j'ai pris de bonne heure mes cliques et mes
claques et me voilà...

— Sans avoir revu le marquis ?

— J'ai demandé à le voir ; on m'a dit qu'il reposait encore. Du reste, qu'avions-nous de plus
à nous dire ? Sa fille avait d'un mot renversé
toutes mes espérances. A-t-on jamais vu ! Cette
petite pimbêche ! qu'elle y retourne, à son couvent, et qu'elle y reste ! Mon Ludovic n'est pas
pour elle.

En disant ces mots, le général s'était levé. Il
arpenta la chambre ; puis tout à coup :

— Ah! çà, garçon, sais-tu qu'il est fort tard?
Mon estomac crie la faim depuis une heure et
je n'attends que toi pour déjeuner.

— Je suis à vous dans un instant.

L'oncle sortit, laissant son neveu à ses réflexions.

La première sensation de Ludovic avait été
une satisfaction profonde, quelque chose comme
l'épanouissement du léthargique qui rouvre les
yeux ou celui du noyé qui revient sur l'eau. —
Je n'épouse pas! Toute la théorie du bonheur se
résuma un moment pour lui dans ces trois mots
charmants. Pourtant, lorsqu'il se fut répété ces
trois mots à satiété sur tous les tons, il eut une
petite pensée pour l'infortunée Jenny, victime
innocente d'un sot malentendu; et cette pensée
fut d'autant plus attendrie que la mesure de son
bonheur, à lui, lui paraissait comble.

— Pauvre enfant! se dit-il, le couvent, cela
est triste! D'étroites cellules, des parloirs som-
bres, de grands murs, elle qui paraît tant chérir
sa liberté! Mais aussi, c'est sa faute. Supposer
que j'ai dû devenir amoureux d'elle à première
vue, ne voilà-t-il pas une belle imagination? En

vérité, ces jeunes filles sont étonnantes! Comment s'aller fourrer de pareilles idées dans la tête! C'est égal, le couvent, pauvre petite, cela fait de la peine.

En réfléchissant un peu plus, Ludovic se demandait:

— Au fait, est-ce bien sa faute, et n'y a-t-il pas plutôt de la mienne? Sans toutes les sottises que m'a fait commettre ma déplorable timidité, il ne fût jamais entré dans l'esprit de mademoiselle Jenny que je pouvais être épris d'elle. Me voilà maintenant la cause involontaire de tous ses chagrins. Si encore il m'était possible de réparer le mal! Mais comment?

Le déjeuner fut triste. L'oncle et le neveu, sans échanger une parole, chacun de son côté, songeaient.

En se levant de table:

— Est-ce bientôt qu'elle repart pour le couvent? demanda Ludovic.

— Après-demain, je crois, dit négligemment Boisgaillard. J'espère au moins que tu vas oublier complétement cette péronnelle.

Ludovic ne répondit pas. O les étranges ca-

prices du cœur ! Voici que pour la première fois
il commençait justement de songer à elle. Sa
conscience inquiète lui reprochait la pénible extrémité où Jenny était réduite. Il fallait que, sans
penser à mal, il eût bien profondément offensé
le jeune fille. On conviendra qu'il y avait dans
cette pensée quelque chose de pénible pour un
galant homme.

Ludovic crut trouver dans la promenade une
heureuse diversion et sortit, se confiant au hasard
pour diriger ses pas ; mais voyez les malignités du
hasard ! Il conduisit justement Ludovic à l'endroit du bois où Jenny lui était apparue pour la
première fois. Ses remords redoublèrent quand
la malheureuse aventure de la cravache lui revint à l'esprit. Il s'assit sur l'un des revers de la
route, désespéré, le cœur plein d'une étrange
confusion.

Et, comme il tirait son mouchoir de sa poche
pour essuyer la moiteur qui venait de perler
soudainement sur ses tempes, ne voilà-t-il pas
qu'il amena du même coup la plus mignonne
chaussure du monde ! C'était une petite mule de
maroquin rouge à talon, bordée d'une ruche de

soie de fort coquette tournure. A cette vue, notre héros, si préoccupé qu'il fût, ne put s'empêcher de s'écrier :

— La ravissante petite pantoufle !

Il la tourna et la retourna entre ses mains d'un air très-étonné ; puis tout à coup :

— Ah ! je me souviens !

Il venait de revoir en imagination Jenny entre ses bras et la petite pantoufle se détachant de son pied, tandis qu'il portait sur le sofa la jeune fille évanouie. Ludovic mit instinctivement la main à une autre poche et en tira un ruban bleu.

— Ah ! çà, dit-il, ce n'est pas une jaquette que j'ai là ; c'est un portemanteau. Cette folle à tire-bouchons m'a bourré d'objets qui ne m'appartiennent pas.

Il avait encore fouillé à une nouvelle poche.

— Bon ! un gant maintenant, un gant gris perle ! Ah ! je ne me le rappelle que trop, celui-là ! C'est celui que j'eus la hardiesse de ramasser devant elle... Mais est-il petit ! est-il petit !... Et ce ruban, c'est parbleu bien celui qu'elle avait dans les cheveux à ce terrible déjeuner,

où je me permis... Il faisait, ma foi, un fort
gracieux effet dans ses cheveux. Je vous demande
pourquoi j'ai tout cela dans mes poches, à moins
que ce ne soit pour redoubler mes chagrins
d'avoir offensé une si aimable personne?

Il semblait, en effet, que tous les objets ina-
nimés se fussent conjurés pour porter le trouble
dans l'âme du jeune homme.

Ludovic eut d'abord grande envie de laisser
sur l'herbe, où il les avait étalés, ces souvenirs
d'heures trop poignantes; mais il eut scrupule
de les abandonner ainsi aux intempéries de l'air
ou de les offrir en proie au premier rustre venu.
Il les apporta donc à la maison, où il les dé-
posa sur sa cheminée; après quoi, avide de repos, il se jeta dans un fauteuil.

A défaut de repos, ce fut la rêverie qu'il y
trouva; et quelle rêverie! avec le ruban bleu,
le gant gris perle et la petite pantoufle rouge
devant les yeux! Chacun de ces objets, en le faisant souvenir d'une de ses maladresses, lui rappelait involontairement un des charmes de leur
propriétaire. « Est-il possible, se demandait-il
qu'on ait la main si fine et le pied si petit? »

Obsédé par cette pensée qu'il s'efforçait en vain de chasser, Ludovic imagina de retourner son fauteuil pour ne plus voir du moins la petite pantoufle, le gant et le ruban, mais une glace se chargea de lui en renvoyer l'image. Alors il se leva, prit les trois objets et les serra dans une armoire ; mais, à travers les parois du meuble, ils lui apparaissaient encore, et son esprit était alors le miroir où leur forme venait se réfléchir plus nette et plus séduisante que jamais.

Je laisse au lecteur à penser la nuit qu'il passa dans de semblables dispositions. A la façon du géologue Cuvier, qui, avec l'orteil où la mâchoire d'un mastodonte, reconstruisait l'animal tout entier, ainsi Ludovic, au moyen de la petite pantoufle, du gant et du ruban bleu, composait en imagination la plus charmante Jenny du monde. Et plus il la voyait jolie, plus il se sentait au regret d'être la cause de ses chagrins.

Le lendemain, son oncle en lui voyant les yeux battus, fronça le sourcil et jugea à propos de faire une sortie contre les petites péronnelles qui... les petites péronnelles que... Mais l'injustice flagrante de ces reproches n'eut d'autre résultat que de soulever une généreuse indignation dans l'âme du jeune homme. Tout en se taisant, il rétablissait à part lui l'exactitude des faits, et, dans son for intérieur, défendait victorieusement l'accusée contre les imputations calomnieuses de son oncle.

Et voilà comment, sans qu'il s'en doutât, la pitié, en s'affermissant dans son cœur, y préparait insidieusement les voies à un sentiment plus tendre.

Ludovic, en vérité, ne soupçonnait guère la pente sur laquelle il se laissait insensiblement glisser. Tout ce qui le frappait alors, c'était l'idée que chaque heure qui s'écoulait avançait l'instant où Jenny prendrait le triste chemin du couvent.

— Demain, se disait-il, c'est demain; et je ne puis rien imaginer pour empêcher cela !

Si le sommeil de Ludovic avait été agité la veille, il fut absolument impossible cette nuit-là au jeune homme de clore l'œil. Il ralluma sa bougie et ouvrit un livre qu'il ne lut point, Alors il se leva, s'habilla, et, comme les premières lueurs de l'aube blanchissaient ses vitres, il prit son chapeau et sortit.

La ·tristesse de la campagne, à cette heure in-
décise, qui n'est déjà plus l'ombre et qui n'est
pas encore la lumière, semblait peu faite pour
égayer ses pensées. Il avançait tête basse, les
mains croisées derrière le dos, tandis qu'une
brise fraîche chassait les derniers nuages devant
lui, comme un balayeur matinal. En longeant un
ruisseau qui bordait la route, le promeneur ralentit le pas ; de mignonnes fleurs bleues étoi-
laient le gazon à ses pieds : des myosotis, la
fleur aimée de Jenny ! Il s'arrêta et en cueillit un
petit bouquet dans l'herbe humide ; puis il reprit
son chemin.

Ludovic était-il sorti avec un but arrêté ? Fut-
ce le hasard ou la réflexion qui dirigea ses pas ?
Toujours est-il qu'au lever du soleil, il se trouvait devant la demeure du marquis.

La grille du château avait été laissée par hasard entr'ouverte ; il passa la porte sans être vu,
s'enfonça sous les arbres, et gagna mystérieu-
sement le côté du parc que regardaient les fenêtres de la chambre qu'il avait occupée. Un
moment après, il avait en vue les fameuses fenêtres, et au-dessous... au-dessous le balcon sur

lequel il avait fait une chute si malencontreuse.

Il examina avec soin si personne ne pourrait
le voir, et, protégé pas les arbres, assez voisins
de l'habitation en cet endroit, parvint jusqu'au
bas du balcon. Là, il jeta en tremblant un dernier
regard aux alentours, mesura la distance qui le
séparait du premier étage, prit son bouquet de
myosotis et le lança si adroitement, qu'il alla
tomber sur le balcon, juste devant la fenêtre
de Jenny.

Cette audacieuse manœuvre accomplie, il se
recula lentement, jusqu'à ce que les arbres arri-
vassent à le masquer tout à fait.

Son premier mouvement avait été de repartir
aussitôt comme il était venu; mais le désir de
savoir ce qui adviendrait de ses pauvres petites
fleurs l'arrêta. Il établit derrière un bosquet son
poste d'observation, et, les yeux sur le balcon,
attendit, le cœur plein d'angoisses, mais d'une
angoisse pourtant qui n'était pas sans charme.

L'attente fut longue. Enfin, au bout d'une
heure à peu près, la fenêtre s'ouvrit et Jenny
parut sur le balcon. Le cœur de Ludovic battit

5

à rompre sa poitrine. La jeune fille, sans voir le bouquet, s'avança jusqu'à la balustrade, où elle appuya ses mains.

— Allons ! soupira Ludovic dépité, elle n'a pas vu mes fleurs.

Puis il ajouta :

— Comme elle a l'air triste !

Justement Jenny se retourna. En soulevant sa jupe pour rentrer, elle vit les myosotis à ses pieds et s'arrêta étonnée. Ludovic ne la quittait pas du regard.

Jenny promena lentement ses yeux autour d'elle, les reporta sur les fleurs ; puis elle fronça le sourcil tout à coup, ramassa le bouquet et le jeta brusquement par-dessus la balustrade dans le jardin.

Quand elle sortit de sa chambre un moment après, la première personne qu'elle rencontra fut Alcide.

— Mon cher cousin, lui dit-elle d'un ton assez impertinent, je croyais vous avoir averti que je vous faisais grâce de vos galanteries.

— En quoi ai-je donc pu vous désobéir, ma cousine

— Il suffit!... ce bouquet... Vous me comprenez.

— Je vous jure que je ne vous comprends pas.

Il y avait tant de sincérité dans l'air ébaubi d'Alcide, que Jenny en fut frappée.

— En effet, reprit-elle, ce n'est pas à vous que serait jamais venue l'idée de déposer un bouquet sur ma fenêtre.

— Est-ce qu'un autre se serait permis...?

— Vous ne voyez pas que je veux rire? reprit la jeune fille. Bonjour, mon cousin.

— Bonjour, ma cousine.

Elle s'éloigna, mais fort intriguée; et tout en marchant, elle se disait :

— Cela est fort singulier! Si ces fleurs ne viennent pas d'Alcide, qui peut les avoir déposées là où je les ai trouvées? Le jardinier, peut-être? Il sait que j'aime les myosotis; mais il me les eût remises au jardin. Ma bonne Reine? mais elle me les eût apportées dans ma chambre. De qui ces fleurs peuvent-elles me venir? Je les ai peut-être jetées trop vite... Du moment qu'Alcide n'est pas le coupable... Si je savais les retrouver encore? Au fait, elles ne peuvent être loin...

Une si jolie fleurette, et si rare par ici... Car, j'y
pense, il aura fallu que celui qui les a mises
sur ma fenêtre les ait été chercher bien loin!...

Ce disant, Jenny était descendue dans le jardin. Elle alla inspecter, mais vainement, le
pied de la muraille.

— Est-ce drôle! pensait-elle; ces fleurs ont
pourtant dû tomber sous ma fenêtre.

Elle élargit peu à peu le cercle de ses recherches jusqu'à gagner le couvert des arbres voisins.
Là, elle s'était arrêtée, et, avant de s'éloigner,
jetait autour d'elle un dernier regard, quand
elle avisa une forme humaine qui paraissait im-
mobile sous le feuillage.

Elle se pencha, en s'effaçant de son mieux pour
voir sans être vue à travers les interstices des
branches. Un homme était à genoux sur le sable,
qui penchait la tête. Elle eut d'abord quelque
peine à le reconnaître, car il était tourné de côté
et son geste lui échappait. Tout à coup, la jeune
fille se redressa fort pâle. C'était Ludovic qu'elle
avait devant elle, Ludovic qui pressait les petites
fleurs bleues sur ses lèvres et pleurait.

VIII

— Quel méchant génie m'a ramené ici?
Qu'avais-je besoin d'apporter ces fleurs? Pourquoi
ai-je voulu attendre? Pourquoi ai-je voulu voir?
Mon cœur est plus attristé que jamais!

Ainsi soupirait Ludovic en s'éloignant de
l'endroit où les petites fleurs bleues gisaient
éparses sur le sol.

— Que me reste-t-il à faire maintenant, sinon
m'éloigner? Puissé-je au moins me glisser hors
d'ici sans être vu!

Le jeune homme venait justement d'émettre
ce vœu prudent, lorsqu'il se trouva face à face
avec la timide Victorine au détour d'une allée.

— Diantre! pensa Ludovic, cela commence
bien. Si je ne ferme pas la bouche à cette petite!

Victorine était restée comme clouée de stupeur
à sa vue.

Il fit un pas vers elle.

— Monsieur!... dit l'enfant en proie à l'agitation la plus vive.

— Chut! fit Ludovic avec un geste de supplication, pas un mot! Tenez...

Il fouilla à sa poche et en tira un louis; mais la fillette effarée le repoussa de la main.

— Eh bien, vous refusez? Prenez donc!

— Monsieur, dit Victorine en roulant les plus gros yeux qu'elle put, sachez que je suis une honnête fille.

Et elle s'enfuit à toutes jambes.

Elle n'avait pas fait trente pas, qu'une voix lui cria :

— Hé! Victorine! où courez-vous?

— Ah! mademoiselle Reine, si vous saviez...

La petite n'eut pas plutôt fait sa confidence, que ce fut au tour de la vieille fille de prendre sa course; mais, elle, dans une direction absolument opposée, à la suite du jeune homme.

En s'entendant poursuivre, Ludovic pressa le pas; toutefois, grâce à l'ignorance où il était de la topographie du parc, mademoiselle Reine l'eut bientôt rejoint, et, le saisissant par les basques :

—Monsieur!... monsieur !...

Ludovic se retourna. Il y eut un moment de

silence embarrassé. La vieille fille, essoufflée, rouge comme une pivoine, balbutiait quelques mots d'excuse.

— Je vous demande pardon, dit le jeune homme troublé; croyez bien que, si je vous avais reconnue...

— Ainsi, vous n'avez pas craint de revenir? interrompit mademoiselle Reine encore tremblante.

— Ça été plus fort que moi! Après ce que m'a appris mon oncle...

— Ah! vous savez les imaginations de cette enfant, son désespoir, la décision sévère du marquis?

— Hélas!

— Mais vous avez été aussi bien imprudent avec Jenny!

— Vous me voyez désespéré. Avoir pu lui faire croire... quand, au contraire...

Mademoiselle Reine lui prit vivement la main comme pour l'arrêter.

— N'y pensons plus, dit-elle en penchant mélancoliquement la tête, de façon à cacher de son mieux sa confusion derrière ses tire-bouchons.

— N'y plus penser? reprit Ludovic. Cela vous est aisé à dire; mais vous ne savez pas à quel tourment je suis en proie depuis deux jours, vous ne savez pas quelles images me poursuivent!

— Chut! interrompit de nouveau la vieille fille avec des airs de tourterelle effarouchée.

Il y eut encore un moment de silence contraint, puis Ludovic reprit:

— Ainsi, ce départ est décidé?

— Oui.

— Pour aujourd'hui?

— Pour demain matin au plus tard.

— Et... vous l'accompagnez au couvent?

— Oui.

— Penser que je ne puis rien faire pour empêcher cela!

— Rien; n'essayez pas.

— Oh! je ne tenterai quoi que ce soit; mais, si vous du moins pouviez réussir à fléchir le marquis...

— Quelle influence aurais-je sur lui? Si c'était sa fille encore qui le suppliât!

— Eh bien, que ne parle-t-elle? Elle supporte donc cet exil sans se plaindre.

— Sans se plaindre. Elle souffre pourtant. Cela se voit à ses lèvres pâles et à ses yeux rouges.

Le jeune homme secoua tristement la tête.

— Ne la ferez-vous pas sortir de ce mutisme? Par grâce, suppliez-la d'implorer son père; si ce n'est pour elle-même, qu'elle le fasse pour vous.

— Pour moi?... Elle voudra savoir ce qui me rend maintenant ces lieux si chers... et comment lui en ferais-je l'aveu?

Ludovic dit avec beaucoup de simplicité :

— Est-ce qu'il y a là un aveu qui vous coûte?

— Oh! fit mademoiselle Reine avec un geste effaré, je n'oserai jamais!

— Que je suis malheureux! soupira Ludovic.

— Pauvre jeune homme! pensa la vieille fille.

Puis, après un moment d'hésitation :

— Eh bien, dit-elle, quoi qu'il m'en coûte, je consens à faire une dernière tentative auprès de Jenny. C'est une vraie preuve de l'amitié que je vous porte.

— Oh! merci! Quand vous reverrai-je?

— Me revoir?...

5.

— Pour la réponse, il le faut bien. Ce soir, si vous voulez...

— Ce soir?... Oh! non, je vous écrirai plutôt.

— J'aurais préféré vous voir. Enfin!

— J'aime mieux vous écrire.

— Par quelle voie?

— Je ne sais pas. Nous pourrions convenir d'un endroit...

Mademoiselle Reine promena ses regards embarrassés autour d'elle.

— Ah! ce tronc d'arbre... Il y a là un creux qui forme une excellente cachette; j'y jetterai mon billet. Personne n'ira soupçonner... Mais surtout de la prudence!

— Soyez tranquille... A quelle heure suis-je sûr d'avoir une réponse?

— Venez à la nuit tombante, vous aurez moins de chance d'être vu... Ah! je me compromets bien pour vous!

— Vous pouvez être assurée de mon éternelle reconnaissance.

— Adieu! dit mademoiselle Reine.

— Adieu!

La vieille fille s'éloigna rapidement. Dire qu'elle

était fort troublée, j'imagine que cela est inutile.
Il n'en aurait pas fallu la moitié pour mettre sa
romanesque cervelle à l'envers. En procédant ce
jour-là à sa toilette, elle oublia ses manchettes et
mit son col à l'envers; ce qui était un acte extraordinaire de la part d'une personne aussi
rangée.

A déjeuner, ce fut bien pis : elle vida la salière
dans la compote et versa, *proh pudor!* du vin
sur son rôti! Par bonheur, les autres convives
étaient trop préoccupés eux-mêmes pour prêter
attention à ses maladresses.

Le marquis, silencieux, avait les yeux au
plafond; Jenny, sans souffler mot, regardait son
assiette; pour Alcide, il mangeait avec rage en
fronçant de temps en temps le sourcil. Les
paroles qu'il avait échangées le matin avec Jenny
ne lui sortaient pas de l'esprit.

— Qu'est-ce que ce bouquet dont elle me
parlait?

Et il avalait une bouchée.

— Il est évident que mon aimable cousine
s'est moquée de moi.

Et il avalait une nouvelle bouchée.

— En me quittant, elle a tourné de façon singulière dans le jardin. Je flaire quelque chose de louche.

Et il avalait encore une bouchée.

En sortant de table, il s'avança vers Jenny, et, de son ton le plus mielleux :

— Vous offrirai-je mon bras pour faire un tour de promenade?

— Merci, mon cousin, répondit la jeune fille; je me promènerai fort bien toute seule.

— Vous ne craignez point les rencontres fâcheuses?

La jeune fille eut un imperceptible mouvement qu'elle se hâta de réprimer, et prenant un air étonné :

— Pourquoi me dites-vous cela?

— Il paraîtrait qu'il y a des rôdeurs de ce côté, reprit tranquillement Alcide en la regardant.

Jenny essaya un haussement d'épaules; puis, visiblement troublée sous le regard impitoyable du jeune homme, elle tourna le dos et sortit.

— Hem! hem! se dit Alcide, il y a sûrement quelque chose.

Là-dessus, il alla, sous prétexte de flânerie,

explorer les environs; mais le résultat de sa longue expédition ne fut pas heureux.

Pourtant, comme il revenait fatigué, tête basse, à travers les massifs du parc, des marques laissées par d'élégantes bottes sur le sol humide frappèrent ses regards.

Il se pencha avec attention.

— Semelle mince et étroite, talons échancrés et pas la moindre trace de clous : c'est chaussure de galant, ou je me trompe fort... Voyons donc, voyons donc!... Eh bien, c'est cela même: Voilà maintenant la trace de pieds féminins et jusqu'aux fines râtissures d'une jupe qui a balayé le sol. Ici, les traces se confondent; il y a eu évidemment entretien. Bon! je ne retrouve plus que les pas de femme à présent. Où vont-ils? Vers ce taillis? Non; droit à cet arbre. Qu'est-ce que ma charmante cousine pouvait avoir à confier à ce chêne vénérable?... Une date sur l'écorce? Oh! non. D'abord l'écorce est trop vieille; et puis c'est une idée un peu militaire pour une jeune fille... Un billet doux? C'est plus probable. Tout le monde sait que les vieux arbres sont la providence postale des amoureux...

Ce disant, Alcide avait enfoncé la main dans un creux d'où il tira triomphalement un petit carré de papier blanc.

— Quand je le disais !

Il déplia le papier.

— Quel griffonnage ! On aura voulu déguiser l'écriture.

Ce ne fut pas sans peine qu'il lut :

« Monsieur,

» Devant une décision irrévocable, je courbais la tête ; mais, après l'aveu que j'ai dû faire de notre mutuelle affection, il m'en coûterait trop de demeurer ici plus longtemps. D'ailleurs, ce n'est pas au moment où je trouve enfin un cœur qui me comprend que je consentirai à aller enfermer ma jeunesse dans un couvent. Un seul parti me restait à prendre ! C'est celui auquel je me résous, non sans combat ; croyez-le bien ; mais je me fie à votre honneur. Trouvez-vous ce soir, à huit heures, avec une voiture, à la petite porte du parc ; j'y serai. Je ne vous en dis pas plus long. Ma tête se perd. »

Alcide lut ce billet avec le plus profond étonnement. Quand il eut fini, il le relut encore et
ne revint pas davantage de sa stupeur.

— Je n'ai pas la berlue ! Ma cousine demande
bel et bien à ce monsieur d'avoir l'obligeance de
l'enlever. Certes, je m'attendais à une sottise,
mais pas encore à une de cette force. O les
femmes ! qui les expliquera jamais ? Soyez aux
petits soins pour elles, discret, attentionné :
elles vous enverront de bon cœur au diable ; mais
qu'un muscadin vienne à passer, se contentant
de faire parade de son effronterie ! en un instant
les voilà toutes à sa suite. Il semble, en vérité,
que ce soit assez d'être déluré pour leur plaire.
Eh bien, parbleu ! cette petite fille m'ouvre à
la fin les yeux. Ce n'est pas si difficile après
tout que d'être insolent. Je le serai. Elle ne se
doute guère que le billet s'est trompé d'adresse.
C'est bon. Au lieu de son Ludovic, c'est moi
qu'elle trouvera au rendez-vous. Ah ! vous
voulez du romanesque, ma belle Jenny? Vous
en aurez.

IX

Ludovic ne laissa pas d'être vivement désappointé en ne trouvant rien dans la cachette que mademoiselle Reine lui avait indiquée. Il y revint deux fois sans plus de succès. Le pauvre garçon se sentait abattu. Après une journée d'inquiétudes sans nombre, il ne lui manquait plus que ce dernier coup. Que devait-il penser? Mademoiselle Reine n'avait-elle pas tenu sa promesse? Le marquis était-il resté inflexible? Quand Jenny partait-elle?

Au milieu de ce conflit de pensées, un éclair jaillit tout à coup terrible dans son esprit.

— Si elle était déjà partie!

Instinctivement, il se dirigea du côté de la remise et de l'écurie. Un cliquetis de fer, quelques jurons, le sabot d'un cheval battant le pavé lui firent dresser l'oreille. Au bout de quelques instants, Jean le jardinier vint à passer.

— Tiens, dit-il au palefrenier, vous allez sortir!

— Oui, répondit celui à qui la question s'adressait ; M. Alcide vient de me donner ordre d'atteler.

Ces quelques mots allèrent frapper Ludovic droit au cœur.

— C'en est fait ! se dit-il, elle part ce soir. Qu'ai-je besoin ici, maintenant que son sort est décidé ?

Alors il retourna tristement en arrière. De temps en temps, il s'arrêtait et se découvrait pour essuyer la sueur qui perlait sur son front. Enfin, se ravisant tout à coup :

— Pourquoi ne me mettrais-je point sur son passage ? Si l'ombre m'empêche de distinguer ses traits, peut-être verrai-je une dernière fois sa douce silhouette, et, quand sa forme m'échapperait, il me semble encore que je goûterai comme un âcre plaisir à voir du moins la voiture qui l'emporte.

Ludovic gagna le bord de la grande allée et attendit ; mais rien ne parut. Impatienté, il retourna vers la remise. La voiture n'y était plus.

L'effet de cette disparition fut tel, qu'oubliant toute précaution, le jeune homme quitta le couvert des arbres. Se précipitant vers l'habitation, il demanda :

— La voiture? la voiture?

— Elle a pris de ce côté, dit le jardinier qui se trouvait encore là.

Ludovic s'élança dans la direction indiquée. Aucun bruit, même lointain, ne venait frapper son oreille; n'importe il courait toujours.

Une porte se dessina dans l'ombre devant lui. Il allait l'atteindre, quand, de l'autre côté, une voix qu'il reconnut pour celle de mademoiselle Reine cria :

— Allez, partez !

Le cocher fouetta ses chevaux ; les roues s'ébranlèrent. Ludovic d'un bond fut à la porte : elle était fermée. Il poussa un cri terrible, puis retomba anéanti. Il lui sembla que le fil vital s'était brisé tout à coup en lui comme si la voiture sinistre emportait son cœur avec elle. Lorsqu'il fut revenu de sa stupeur, il se jeta sur la porte, il la secoua en criant :

— Arrêtez ! arrêtez !

Mais il était trop tard, car déjà se perdait au loin le bruissement des roues.

Alors ce désespéré tourna sa colère contre lui-même.

— Lâche! qu'as-tu fait? Depuis trois jours, tu gémis quand il fallait agir. Ah! tu peux te confondre maintenant en lamentations vaines! Le sacrifice est accompli, et cela, quand d'un mot peut-être tu l'aurais empêché. Eh bien, ce mot, tu n'as pas eu le courage de le dire. Frappe-toi donc la poitrine, misérable égoïste, et crie bien fort : « C'est ta faute! » Trop tard! trop tard!

Il s'arrêta un moment, accablé; puis, relevant la tête :

— Mais pourquoi ne serait-il pas temps encore de conjurer ce châtiment? Le marquis est peut-être là. Je puis le voir, lui parler. Ah! je me jetterai à ses pieds, je le supplierai. Il reviendra sur sa décision. Le coupable, c'est moi et non pas elle. Qu'il ordonne de moi ce qu'il lui plaira; mais qu'il ne frappe pas la pauvre enfant à ma place!

Ludovic retourna à pas précipités dans la direction du château.

— Fasse le hasard que lui du moins soit resté ici! se disait-il.

A peu de distance de l'habitation, il heurta presque un domestique qui passait.

— Le marquis est-il là? demanda-t-il vivement.

— Il était dans le salon du rez-de-chaussée, il n'y a qu'un instant. Sans doute il y est encore, car je vois de la lumière. Je vais vous conduire.

— Ah! s'écria Ludovic avec un soupir de soulagement, je vais donc le voir!

Et, sans se préoccuper du domestique, il s'élança vers le château.

D'un bond, il franchit l'escalier du perron, traversa le vestibule et la salle à manger, frappa d'une main fébrile à la porte du salon, tourna presque en même temps le bouton, s'élança dans la pièce, et... recula stupéfait.

Jenny, sous la lueur pâle d'une bougie, apparaissait devant lui.

— Vous! balbutia-t-il.

— Il paraît, monsieur, que ce n'est pas moi que vous comptiez rencontrer?

Comme la parole lui manquait, Ludovic fit signe de la tête que non.

La lèvre de Jenny se plissa; et, avec un petit accent amer qu'elle essaya de rendre léger:

— Je sais... cette bonne Reine.

Ludovic réussit enfin à articuler quelques mots.

— Ah! elle vous a dit?

—Oui... vous faites bien de l'aimer. C'est une excellente fille. Elle a ses petits ridicules, sans doute; mais qui n'a pas les siens?

— Hein! de l'aimer?... Comment? fit Ludovic abasourdi.

— Pourquoi feindre? puisque je vous dis que je sais tout.

— Moi? je...

Il s'arrêta suffoqué.

— Elle m'a tout raconté, depuis ce premier déjeuner où votre pied pressait le sien sous la table, jusqu'à votre entrevue d'aujourd'hui. Il paraît que, l'autre soir, ce n'est pas chez moi que vous pensiez tomber... sa fenêtre est si près de la mienne!

Ludovic, pétrifié, voulut parler; mais sa bouche s'entr'ouvrit sans rendre aucun son.

— Vous permettez que je me retire, dit Jenny, qui composait son geste et son visage pour leur donner une apparente tranquillité que démentait sa pâleur.

— Ah! s'écria Ludovic tendant vers elle ses mains suppliantes.

— Que me voulez-vous ?

— Vous avez pu croire...? murmura le jeune homme.

— Si ce n'est pas Reine, dit péniblement Jenny, qui vous amène ici?

Ludovic, incapable de se faire entendre, tira de sa poche un ruban bleu qu'il mit devant lui sur la table.

Jenny le regardait faire, étonnée.

Il fouilla une seconde fois à sa poche, et amena successivement les gants et la petite pantoufle.

— Qu'est-ce que cela? fit Jenny.

— C'est à vous, dit le jeune homme en portant la petite pantoufle à ses lèvres avant de la déposer près du ruban.

Jenny fit un mouvement pour sortir.

— Ah! par pitié! s'écria Ludovic.

Elle s'arrêta, le regardant les yeux fixes; lui n'en put dire davantage. Il demeurait accablé sous ce regard, et sa langue, malgré lui, se fixait à son palais.

O désespoir! ne pouvoir épancher ce dont le

cœur est plein; se voir injustement accusé et
rester incapable de se défendre; entendre une
voix secrète vous souffler à l'oreille mille raisons
convaincantes et se sentir impuissant à les exprimer, quelle torture!

Jenny fit encore un mouvement vers la porte.

Alors, près de voir échapper la dernière occasion de se justifier, haletant, éperdu, Ludovic
retrouva soudainement sa raison. Une idée lui
traversa l'esprit.

Il s'élança vers la bougie et l'éteignit d'un
souffle. L'ombre se répandit tout à coup dans la
pièce.

Un léger cri d'effroi de la jeune fille répondit
à cette brusque équipée. Pour Ludovic, il s'était
vivement reculé, et, d'une voix suppliante:

— Oh! demeurez, de grâce! il faut que je
vous parle. Voyez, je reste là près de la fenêtre.
Que craindriez-vous de moi? Je mourrais plutôt
que de vous offenser... Ah! je vous supplie!...
Vous consentez à m'écouter, n'est-ce pas? Merci.

Il poussa un profond soupir, et, appuyant ses
mains sur sa poitrine:

— Ah! mon cœur, tu peux donc te dégonfler

à la fin ! C'est assez de contrainte... Vous ne vous
doutez guère, mademoiselle, qui vous avez devant
vous. Imaginez que celui qui a pu jusqu'à présent
vous sembler si audacieux est l'être le plus timide
et le plus effarouché qui soit au monde. Vous
n'allez pas me croire, peut-être, et je vous jure
pourtant que c'est la vérité vraie. Toutes les
insolences dont je me suis rendu coupable envers vous, c'est la timidité seule qui me les a fait
commettre. Il y a de la fatalité là dedans. Tous
mes efforts pour vous détromper tournaient contre
moi. Je vous écrivais pour implorer mon pardon, et vous déchiriez ma lettre sans la lire ;
je voulais vous fuir, et je tombais chez vous. Je
n'y mettais pourtant pas de mauvaise volonté.
Je ne suis pas méchant. Tout cela est un peu la
faute de vos yeux. Il n'y a qu'un instant encore,
ils suffisaient à me fermer la bouche ; mais,
maintenant que je les devine seulement sans les
voir, la parole m'est revenue. Je puis enfin m'a-
dresser à vous comme depuis trois jours, je
m'adresse à l'ombre charmante qui me poursuit.
O les douloureuses journées ! Que j'aspirais à
vous ouvrir une bonne fois mon cœur !

— Comme vous mentez bien ! dit Jenny.

— Moi, mentir?... Ah! vous ne me connaissez guère! Quand je vous disais, l'autre soir, que
je ne vous aimais pas, je le pensais vraiment;
et maintenant, maintenant... comment vous dire
ce que j'éprouve?...

— Rallumez cette bougie, murmura la jeune
fille tremblante ; d'un moment à l'autre, mon
père peut venir.

— Eh bien, qu'il vienne! C'est lui que je
cherchais tout à l'heure quand un hasard, que
je bénis cent fois, m'a jeté devant vous. Je venais
l'implorer en votre faveur; car ce qui me peine
si profondément, c'est de vous savoir malheureuse par moi. Il m'écoutera, n'est-ce pas? Je ne
sortirai pas d'ici sans avoir obtenu son pardon
pour vous. Daignerez-vous y joindre à présent
votre pardon pour moi?

— Rallumez cette bougie, je vous en prie.

— Un mot encore... Je voudrais vous persuader... Mon Dieu !

— C'est inutile, je vous crois.

— Le ton dont vous me dites cela me per-
suade qu'il n'en est rien.

6

— Comment voulez-vous que je vous le dise?

— Alors, vous me pardonnez?

— Je vous pardonne...

La lueur du flambeau vint éclairer Jenny chancelante, et, cachant son visage dans ses petites mains.

— Oh! lui dit Ludovic, merci!

Et il ajouta radieux:

— Comme je me sens le cœur léger, maintenant! Il me semble que j'aurais presque le courage de vous regarder en face.

La jeune fille découvrit son visage; et, sur un ton d'une douceur ineffable:

— Tout cela est donc vrai?

— Oh! bien vrai, je vous le jure!

Elle lui tendit la main. Il hésitait à la prendre.

— Est-ce que je vous fais peur?

Ludovic s'élança et dit:

— J'ai plus que je n'eusse jamais osé espérer. A nous deux maintenant, nous fléchirons votre père... Et puis... et puis, je m'en irai; et, si je ne dois plus vous revoir, j'emporterai du moins dans mon cœur l'éternel souvenir de cette soirée. Tout ce que je demande au Ciel, c'est de ne pas

renouveler une seconde fois les tourments que
j'ai endurés aujourd'hui. Après cela, votre père
me permettra peut-être de revenir ici. Si vous
y consentez, je vous apporterai quelquefois des
fleurs, de celles que vous aimez... je les connais...
car, vous ne savez pas... ce pauvre bouquet que
vous avez trouvé ce matin sur votre fenêtre et
que vous avez jeté avec tant de dédain, c'est
moi qui l'avais apporté.

Jenny tressaillit. Elle tira de son corsage une
petite touffe de myosotis, et, la présentant à
Ludovic, toute pâle, avec un affectueux sourire,
elle lui dit :

— Je le savais !

X

Qu'ajouterais-je maintenant que le lecteur ne
devine aisément sans moi? Montrerai-je un père
irrité tombant au milieu de cette idylle? un
oncle désespéré à la recherche de son coquin de
neveu? Mais qui ne sourirait désormais à leurs

vaines exclamations et à leurs farouches roule-
ments d'yeux !

Vous voyez d'ici le tableau final : Ludovic et
Jenny, se tenant par la main, avancent vers l'autel
où trône le malin Cupido ; le marquis résigné,
le général rayonnant suivent des yeux ce couple
gracieux ; tandis que, dans un coin, Alcide et
mademoiselle Reine, fort déconfits tous deux,
baissent la tête en songeant à leur mésaventure.
Laissons-les là.

Aujourd'hui, nos jeunes époux, plus amoureux
que jamais, ne cessent de se féliciter entre eux
des heureux caprices du hasard. En trois ans,
trois fois le ciel « a béni leur union », suivant
une locution honnête. Le général ne dit plus:
Mon neveu! Il dit à présent: *Mes neveux!*

On comprend qu'ici s'arrête naturellement
l'histoire des timidités de Ludovic.

MES VINGT FRANCS

A LOUIS LEROY.

J'avais vingt francs !

Vingt francs ! Par quel prodige se trouvait entre mes mains cette somme folle, vertigineuse, invraisemblable ?

A l'heure qu'il est, après quinze ans passés, j'ai peine encore à me persuader qu'elle me vint de mon patron M⁰ Langumier, notaire à Saint-Denis (Seine). Cela ne fait pourtant aucun doute.

C'est bien M⁰ Langumier lui-même qui, un dimanche matin, comme je sortais de l'étude, où j'étais venu grossoyer selon l'ordinaire ; c'est bien M⁰ Langumier qui, m'arrêtant par le bouton de mon habit, me dit de sa voix grave :

6.

partois à désirer. Par exemple, je trouve que vous ne semblez pas apprécier suffisamment tous les sacrifices que je m'impose en vue de votre avenir. Pour vous garder auprès de moi, j'ai renvoyé un second clerc dont j'avais à peine à me plaindre. Eh bien, faut-il le dire? nos relations ne sont pas celles qui devraient exister de filleul à parrain. Vous êtes sans expansion auprès de moi; vous êtes froid avec madame Langumier, qui a pour vous le cœur d'une mère...

Ici, M⁰ Langumier s'arrêta avec une affectation de sensibilité d'un si haut comique, que j'aurais eu peine à demeurer sérieux si je l'eusse regardé en face. Heureusement je baissais la tête.

Pour bien saisir toute la portée de ces reproches et l'effet à rebours qu'ils produisaient sur moi, il importe de savoir que M⁰ Langumier était l'homme le plus avare d'expansion et aussi le plus serré d'argent que j'aie jamais connu.

Il avait, à la vérité, renvoyé un clerc pour me faire place; seulement, il oubliait d'ajouter

.... mauvais drôle et qu'il avait à le payer, tandis qu'en ma qualité de filleul, j'étais dispensé de rien recevoir. Mon père envoyait à M⁰ Langumier l'argent sur lequel celui-ci soldait lui-même mon logement et jusqu'à ma table dans un maigre restaurant du voisinage.

Quant à madame Langumier, qui était chargée de me vêtir, j'avais toujours en beaucoup moins affaire à son cœur qu'à sa main, main large et épaisse, avec laquelle elle me faisait admirablement tourner les épaules à la moindre observation.

— Non, Tiburce, reprit M⁰ Langumier, je ne vous dirai pas que je suis positivement content de vous... Cependant...

A ce mot, qui indiquait un revirement oratoire, je dressai l'oreille. Il fallait que M⁰ Langumier fût de bien bonne humeur pour fermer si vite le robinet aux reproches.

— Cependant, je ne veux pas qu'il soit dit que je n'ai pas saisi toutes les occasions de vous encourager. Nous avons eu cette semaine un surcroît de travail nécessité par un acte impor-

tant : le contrat de mariage de mademoiselle de
Sainte-Amaranthe, fille de M. le comte de Sainte-
Amaranthe, mon client, avec M. de la Poufinardière. M. de la Poufinardière, — un homme du
monde ! — a voulu célébrer dignement sa noble
alliance. Après la signature du contrat, il me
mit hier cinq louis dans la main. « Messieurs
vos clercs, dit-il, boiront à ma santé. » Eh bien,
Tiburce, messieurs mes clercs profiteront de
cette somme. Voilà comme je suis, moi ! Je vais
donc vous octroyer, à M. Morisson votre collègue,
et à vous, chacun vingt francs.

Ce disant, Me Langumier avait tiré de la poche
de son pantalon sa longue bourse à perles d'acier
et il en avait fait jouer le coulant.

— Voici les vôtres, ajouta-t-il en me tendant
un louis.

Je regardais, bouche béante, le jaunet reluisant
que me cachait à moitié son gros pouce. Fallait-
il prendre ? J'hésitais. J'avais peur d'être le jouet
d'une illusion et que le joli jaunet, au moment
où je le toucherais, ne prît tout à coup la figure
d'un crapaud, comme il arrive dans les mauvais
rêves.

Cependant, comme le louis restait tendu vers moi et que la tentation de le tenir était plus forte encore que la crainte de le voir s'échapper, j'avançai la main. Il y tomba. Je le palpai silencieusement. C'était bien un louis pour de bon!

— Je ne crois pas, Tiburce, reprit Me Langumier avec un incroyable sérieux, je ne crois pas que vous ayez songé jusqu'ici à mettre de côté; j'espère que cette somme sera le début de vos économies. Quand la vie s'ouvre à vous si pleine de promesses, si aisée, si facile, il serait regrettable que vous ne songeassiez point à l'avenir, en lui consacrant votre superflu. J'aurais pu sans doute charger madame Langumier de vous conserver cet argent; mais vous êtes arrivé à l'âge où l'on apprend à se conduire; je veux vous traiter en homme. Gardez ces vingt francs, Tiburce : il m'est doux de penser, en vous les donnant, que vous les ferez fructifier.

Ainsi parla Me Langumier, dans le langage solennel qui lui était familier, et dont il avait coutume d'augmenter l'effet par des épanouissements de l'arcade sourcilière.

Il dut même en dire beaucoup plus long; mais

j'étais fort troublé. Je n'ai qu'à demi conscience
d'avoir répondu. Il est bien possible que, pour
le saluer, j'aie tiré mon mouchoir et que je lui
aie dit « bonsoir » pour « merci ».

Mon parrain ajouta :

— Maintenant, vous allez voir si j'ai souci de
votre amusement. C'est aujourd'hui dimanche.
Je suis invité à dîner avec madame et mademoiselle Langumier chez notre excellent ami Taupinet, à Gennevilliers. Je vous autorise à nous
y accompagner.

Pour le coup, je repris mes sens. Ces derniers
mots me rappelaient à la réalité, juste comme
aurait pu le faire un coup de poing dans le dos.
L'image de M. Taupinet, avec son tic de la joue
gauche, et ses interminables dissertations botani-
ques hachées par un perpétuel bé... bé... bégaie-
ment, se dressa devant moi, odieuse, atroce,
abominable.

Escorter la famille Langumier, c'était dur déjà,
mais l'escorter pour aller entendre ma bête
noire s'embarbouiller dans ses monocotylédons
et ses dicotylédons, c'était le comble !

— Chez les Taupinet, m'écriai-je, jamais !

Ce fut mentalement, bien entendu, que je récriai ainsi. Tout haut, je me contentai de balbutier :

— Comment, mon parrain, vous seriez assez bon...?

— Oui, vous nous accompagnerez, Tiburce.

Je frémis. On eût dit que c'était affaire conclue.

— C'est que..., fis-je avec empressement.

— Quoi donc?

— Je m'étais justement promis...

Ici, je me sentis dans la gorge un si gros mensonge, que je dus reprendre haleine afin de ne pas en être étouffé.

— Je m'étais justement promis d'employer la journée... à travailler mon code.

Après avoir accompagné ce dernier membre de phrase d'une petite toux, pour mieux le faire passer, je me tins coi, fixe, le regard attaché d'une manière invincible sur les breloques de Mᵉ Langumier qui se balançaient dans le vide.

Par ce vide j'entends l'espace compris chez mon parrain entre la poitrine et les cuisses, espace où les gens moins maigres que lui placent d'ordinaire ce qu'ils nomment le ventre.

La réplique se fit attendre un moment.

— Ah! bah! vous voulez travailler le code, Tiburce?

Je compris qu'il fallait appuyer bravement, ou
que j'étais perdu.

— Oui, dis-je sur un ton résolu, c'est
une tâche que je veux m'imposer tous les
dimanches.

— Bien pensé, mon garçon! Il n'y a qu'en
s'obligeant soi-même à...

— Je serais si désireux, interrompis-je, de
faire honneur à votre étude!

— Bravo! s'écria Me Langumier, décidément
enlevé. Je suis d'autant plus heureux de ces
sentiments, Tiburce, que... Mais non, ce n'est
pas encore le moment... Je regrette certainement
que vous ne nous accompagniez pas aujourd'hui
chez Taupinet; mais le travail est chose sacrée.
Devant la raison que vous me donnez, je m'in-
cline : persévérez dans cette voie, Tiburce, pré-
férez aux satisfactions souvent perfides du plaisir
les joies calmes et réconfortantes d'un labeur
honnête; il se pourrait alors qu'un jour... Mais
non, ce n'est pas encore le moment.

Le sens de cette suspension deux fois répétée m'échappa alors ; mais j'avoue qu'il m'importait peu.

M⁰ Langumier me frappa sur l'épaule avec une émotion qui me surprit ; puis il entra dans l'étude, et je restai seul, encore tout ébaubi, le sang à la tête, mal affermi sur mes jambes, avec le louis d'or dans la main.

Vous pensez, quand mon parrain eut tourné les talons, quel fut mon premier mouvement, pour qui fut mon premier regard.

Oh ! le beau louis ! Il me semble le voir encore tout jaune, comme étaient les louis d'autrefois. et mat, comme est l'or qui a beaucoup vécu. Il portait le millésime de 1814. Ah ! c'était un louis bien respectable ! un louis pas commun, un de ces louis comme on n'en voit plus ; mais y avait-il pièce assez rare pour représenter un cadeau aussi rare ?

Oui, je le vois encore, ce louis charmant, ce louis étonnant, ce louis béni. D'un côté, le roi Louis XVIII, large d'épaules et la face pleine, avec son jabot, sa queue et son grand cordon ; de l'autre, l'écusson fleurdelysé surmonté d'une

couronne, et sur la marge ces mots magiques :
PIÈCE DE VINGT FRANCS!

Les baisai-je, mes vingt francs? Je ne sais
plus, mais c'est probable. Mes premiers vingt
francs, pensez donc! En remontant de quelques
années dans mes souvenirs, la plus grosse somme
dont je me rappelais avoir été propriétaire, était
une somme de six francs en une pièce de quarante sous, deux de un franc, trois de cinquante
centimes et le reste en sous : reliquat d'un jour
de l'an heureux, sur lequel on m'avait prélevé
d'abord le prix d'une demi-douzaine de mou-
choirs, d'une paire de gants et d'un chapeau.

Vingt francs! Vous rendez-vous bien compte
de ce que peut être une pareille fortune pour
un pauvre enfant qui vit depuis cinq mois en
dehors de tout contact avec le métal monnayé;
qui, depuis cinq mois, porte le Sahara dans sa
poche; qui s'était cru jusque-là un fol ambi-
tieux en rêvant trente sous? Non, vous ne pouvez comprendre cela, si vous ne l'avez pas
éprouvé!

Sur le premier moment, je fus comme l'homme
longtemps sevré de boisson qu'un doigt de vin

suffit à griser. Pour un début, la dose d'argent était trop forte : je fus ivre.

Là-dessus, vous allez penser qu'ébloui par l'énormité de la somme, je restai longtemps à me demander quel emploi j'en allais faire. Eh bien, pas du tout. Dès le premier moment où les vingt francs m'apparurent, ils avaient déjà leur destination ; car en même temps qu'ils sortaient de la bourse de mon parrain, m'était apparue tout à coup l'image de Blandine.

Blandine, apprenez-le, était l'ange qui, de ses petits doigts, daignait façonner les robes de madame et de mademoiselle Langumier ; mais d'abord c'était ma voisine.

Elle habitait juste au-dessous de moi : ce qui me désolait, parce que de ma fenêtre je ne pouvais lui voir que le dessus de la tête, et encore fallait-il pour cela qu'elle se penchât. Il est vrai que, si elle eût habité au-dessus, je ne l'aurais peut-être jamais aimée.

En effet, il ne me fût point arrivé alors de la rencontrer sur le pas de sa porte, un jour que sa serrure avait un rat ; je n'aurais donc jamais eu l'occasion de lui offrir le service d'un coup de main, nos doigts ne se fussent pas trouvés ensemble sur la clef, enfin il lui eût été impossible de me répondre :

— Merci, monsieur, vous êtes bien aimable!

Paroles fort simples en elles-mêmes, mais qui n'en jetèrent pas moins un grand trouble dans mon âme, jusqu'alors vierge de toute impression de ce genre.

Le lendemain matin, pour la première fois, j'avais osé lui adresser la parole au passage, et elle y avait répondu par un petit «bonjour» si pénétrant, que j'en fus ému jusqu'au bout des ongles. Mon travail en souffrit même beaucoup ce jour-là. C'en était fait, j'aimais Blandine.

Ce qui n'avait pas peu contribué à surexciter ma passion naissante était, je dois le dire, la vue perpétuelle du voisin d'en face, lequel, abusant de sa situation de vis-à-vis, décochait au-dessous de moi force œillades, qu'à son air de suffisance on aurait pu croire bien accueillies.

Il n'y a rien comme l'idée de rivalité pour échauffer une jeune tête. Ajoutez que l'impossibilité où j'étais, vu ma position surélevée, de contrôler les impressions de ma voisine, était bien faite pour mettre le comble à mon état nerveux.

Si deux yeux chargés de haine pouvaient tuer, mon rival eût cessé depuis longtemps d'exister. Lui, pourtant, me regardait avec une tranquillité révoltante, en tordant du doigt, tantôt d'un côté, tantôt de l'autre, les longues pointes de ses moustaches blondes, qu'il s'appliquait à tirebouchonner du matin au soir.

Oh! les damnées moustaches, m'ont-elles assez poursuivi dans mes rêves, frisées, défrisées, refrisées tour à tour sous un ongle bruni par la fumée de la cigarette, et allongeant à perte de vue leurs pointes moqueuses qui faisaient honte à ma lèvre imberbe!

Du moins m'était-il donné de croiser assez souvent Blandine dans l'escalier, ce qui me permit même de constater plus d'une fois qu'elle avait le pied petit et le bas de la jambe à ravir.

On échangeait toujours quelques mots, tantôt gais, tantôt bêtes. Les bêtes étaient ordinairement les miens. Un jour, la porte de Blandine était entr'ouverte. Je pris mon courage à deux mains, et, poussant l'huis:

— Peut-on entrer?

— Sans doute, dit-elle gaiement; pourquoi pas?

— Dame! fis-je un peu ému, — j'avais déjà un pied dans la chambre, — un jeune homme chez vous!..

Elle partit d'un éclat de rire.

— Oh! vous! dit-elle.

« Oui, pensai-je un peu mortifié, moi, c'est sans conséquence. Ah! si c'était le voisin d'en face! »

— Eh bien, reprit-elle, que faites-vous là le sourcil froncé, debout, au milieu de la chambre? Vous ne voulez donc pas vous asseoir?

Je cherchai machinalement une chaise et m'assis à trois pas de Blandine. Elle me fit signe d'approcher plus près d'elle, et, me regardant alors dans les yeux:

— Ah çà! dit-elle, c'est de la folie, à votre âge...

— Quoi donc? murmurai-je.

— De m'aimer.

— Vous le savez? m'écriai-je tout heureux en sautant sur ma chaise. Ah! de quel poids vous me débarrassez ! Je n'aurais jamais osé vous le dire.

C'est ainsi que je lui fis mon premier aveu.

A dater de ce jour, soit que Blandine oubliât plus souvent de fermer sa porte, soit que j'eusse un flair particulier pour saisir le moment où cette bienheureuse porte était ouverte, toujours est-il qu'il m'arriva fréquemment d'aller tenir compagnie à ma voisine, aux heures où j'étais libre.

D'après nos conventions, je devais m'abstenir de toute allusion aux sentiments qu'elle me faisait éprouver. De plus, ma déclaration m'ayant dénoncé comme un visiteur dangereux, il était entendu que, pendant toute la durée de ma visite, la porte resterait ouverte comme je l'avais trouvée.

Par bonheur, la sévérité qui avait présidé à ces conventions ne présida pas toujours à leur exécution ; et si mes propos dépassèrent quelquefois les bornes qui leur étaient assignées, l'entrebâillement de la porte devint en même temps si resserré, que personne ne pouvait certainement les entendre.

Après tout, c'étaient, sauf de très-petits, très-petits écarts, propos bien franchement innocents que les nôtres. Nous nous racontions mutuellement nos souvenirs, vieux de si peu d'années, le toit paternel, les bons parents, les amis de la maison; et puis les aventures de toute sorte, les petits voyages, les dîners mémorables, les bonnes parties.

Parmi celles-ci, il en était une qui s'était tout particulièrement gravée dans la mémoire de Blandine. Elle la rappelait plus souvent que les autres, et ne la rappelait jamais sans ravissement.

Il y avait de cela un an, elle avait été passer un dimanche à Asnières avec une amie, et l'ami de cette amie. C'était partie à trois. Le programme de cette journée, où, pour la première fois, ma jolie voisine s'était sentie libre de ses actes, en quelque sorte émancipée, dépassait dans son imagination celui de toutes les fêtes splendides qu'aient jamais offertes à leurs dames nobles châtelains ou potentats.

Quand Blandine parlait de ce fameux dimanche à Asnières, elle en avait plein la bouche, elle

ne tarissait pas. Il fallait l'entendre raconter les
incidents du voyage : la promenade dans un canot
blanc bordé de liserés verts, où, le soir, ils
avaient allumé des lanternes de couleur; et puis
la sieste sur la berge au milieu des canotiers,
tous si gais; et le dîner, où l'on avait servi une
matelote avec des croûtons, des champignons et
des écrevisses; enfin le bal, où un gentil jeune
homme, qui avait des fers à cheval entrelacés
dans les coins de son col, l'avait fait tourner
si fort.

Le rêve de Blandine, rêve qu'elle n'émettait
qu'avec toute sorte de réserves, tant il lui semblait hardi, était de recommencer un jour une
partie semblable.

A coup sûr, l'homme qui pourrait lui procu-
rer le premier cette inexprimable joie devait
s'élever dans son esprit à des hauteurs difficiles
à exprimer. Aussi je m'étais toujours dit que, si
jamais la fortune venait, par un hasard douteux,
à me favoriser de ses dons, le rêve de Blandine
serait aussitôt une réalité. Oui, si j'avais souhaité
jusque-là d'être riche, c'était pour régaler ma
petite voisine d'un dimanche à Asnières.

7.

Est-il besoin, maintenant, de dire la destination sitôt trouvée de mes vingt francs? Je mis
la pièce d'or dans ma poche, et, sans lâcher mon
gousset, je courus d'une haleine jusqu'au logis.

— Toc toc... C'est moi. Peut-on entrer?

Et, sans attendre la réponse, je me précipitai
chez Blandine.

En me voyant la figure à l'envers, elle eut
peur.

— Qu'est-ce qu'il y a, mon Dieu?

Je lui fis signe d'attendre que la respiration
me fût revenue; puis, la regardant bien en face:

— Devinez ce que M. Langumier m'a donné.

Elle n'hésita pas, et, levant à la hauteur de
la tête sa jolie petite main :

— Des calottes !

— Allons donc! m'écriai-je.

Blandine parut surprise.

— Alors qu'est-ce que ça peut être?

— Cherchez, Blandine, cherchez ce qu'il y
a de plus inouï, de plus invraisemblable... Comment! vous ne trouvez pas?

— Dame! à moins que ce ne soit de l'argent.

— De l'argent, fi donc! mieux que cela.

— Mieux que cela! c'est donc de l'or?

— De l'or! vous l'avez dit, Blandine!

Et tous deux ensemble, ravis et stupéfaits
nous répétâmes :

— De l'or!

Je tirai de mon gousset, pour le lui montrer,
le beau louis que ma main n'avait pas quitté.
Une autre aurait demandé :

— Qu'allez-vous en faire?

Blandine dit simplement :

— Qu'en faisons-nous?

— Ce que nous en faisons, adorable Blandine,
— dans un moment comme celui-là, je crus
pouvoir risquer l'adjectif, — ce que nous en
faisons? eh bien, et Asnières, et son orchestre,
et ses matelotes, et ses gondoles?

Elle me sauta au cou.

— Ah! que vous êtes gentil, Tiburce! Ma foi,
tant pis, je vous embrasse.

Et, dans ce cri du cœur, le hasard pour la
première fois rapprocha nos lèvres.

A ce moment, l'ombre de M᷎ Langumier se
dressa tout à coup devant moi, et, dans la langue
muette des ombres, il me demanda sévèrement :

— Tiburce, où sont vos vingt francs?

L'idée me vint alors que le vrai Langumier pourrait bien m'adresser cette question le lendemain, et j'en frissonnai. Mais ce ne fut qu'une sensation passagère. Le moyen de penser longtemps à Mᵉ Langumier, quand j'avais devant moi Blandine, frémissante, radieuse, avec le rire aux lèvres.

— Alors c'est entendu, mon petit Tiburce, nous allons à Asnières? Dieu! quel bonheur! dit-elle en battant des mains.

Et sans reprendre haleine :

— Allons, sauvez-vous, que je m'habille bien vite.

Je n'étais pas encore à moitié chemin de la porte que déjà elle faisait sauter d'une main alerte les agrafes de son corsage. Elle se retourna et vit que je m'étais arrêté.

— Voulez-vous bien vous en aller! dit-elle en venant à moi.

Blandine me prit par le bras pour me faire sortir. Comme je résistais doucement, nous nous trouvâmes très-rapprochés l'un de l'autre, si bien qu'en tournant la tête, pour lui dire un mot, ce fut son cou que je rencontrai.

— Eh bien, dit ma voisine en me repoussant, si c'est comme ça que vous commencez !...

Et là-dessus je me trouvai dehors, pensant assez gaiement à la façon dont ça pourrait finir.

L'escalier était devant moi. Je descendis machinalement, souriant à mes rêves couleur de rose. Quand je fus en bas, le soleil, qui rayonnait dans la rue, m'attira vers la porte ouverte. L'admirable chose que le soleil ! Une belle matinée de printemps, comme cela vous met le cœur en joie !

Plein de la pensée de Blandine, je me dilatais dans cette atmosphère heureuse ; il me semblait que le bonheur m'entrait par tous les pores. Impossible de rester en place. Je fis quelques pas dans la rue. Volontiers j'aurais arrêté les passants pour leur confier ma joie et leur serrer la main.

Un gros chien faillit me renverser comme j'allais bayant à mon étoile. Je ne l'en caressai pas moins.

— Allons, Phanor, allons ! lui dit son maître.

Le maître était un gros homme en jaquette grise, coiffé d'une casquette en peau de renard,

qui suivait avec un autre individu le milieu de
la chaussée.

— Est-ce que vous emmenez votre chien?
demanda ce dernier dont l'attention venait de
se diriger vers Phanor.

— Moi? pas du tout! fit l'homme à la casquette
de renard. Je vais à Paris pour affaires. Mais,
quand je sors, il n'y a pas moyen de le retenir.

Phanor était allé rejoindre son maître.

— Veux-tu t'en retourner, chenapan! dit celui-
ci en lui montrant du doigt le chemin probable
de la maison.

Le chien mimait une protestation.

— Va-t'en, allons, va-t'en! répéta l'homme à
la casquette de renard.

Et, comme son discours paraissait sans effet,
il l'accentua d'un coup de pied. Le chien s'enfuit
avec des hurlements plaintifs.

— Satanée bête! dit l'homme à la casquette
de renard en tirant sa montre, c'est qu'elle me
ferait manquer le train!

Et, jetant un coup d'œil à Phanor tout en pressant le pas, il tourna avec son compagnon le
coin de la rue.

Je n'avais prêté à cette petite scène qu'une médiocre attention; et il est peu probable qu'elle eût laissé aucune trace dans mon esprit, si, un moment après, le même chien, que je venais d'entendre interpeller par son maître du nom de Phanor, n'était venu à repasser bien mal à propos entre mes jambes.

Justement je tirais encore une fois de ma poche mon beau louis pour le regarder au soleil. Le choc l'envoya rouler par terre.

Cette fois, je ne pus réprimer contre l'animal un mouvement d'humeur.

Phanor rentra la tête dans les épaules en me regardant d'un air qui voulait dire : « Eh! ne vous fâchez pas! » Puis, portant tour à tour sur le louis tombé, puis sur moi son œil intelligent, il parut ajouter qu'il n'ignorait pas sa maladresse, qu'il la comprenait, qu'il en était désolé! Et, pour preuve, il baissa le museau sur le trottoir, prit la pièce de vingt francs entre ses dents et me la présenta.

Cet acte fut exécuté avec tant de courtoisie, qu'il était impossible de tenir rigueur à Phanor. Je lui tendis la main, il y mit sa patte, nous étions amis.

Entre l'homme et le chien, c'est ordinairement par des jeux que l'amitié se traduit. Phanor, qui ne l'ignorait pas, commença donc de tourner autour de moi avec les bonds les plus gais.

J'apaisai de mon mieux cette exubérance de sentiments; et, voulant lui montrer que rien ne me coûtait de mon côté pour lui être agréable, je jetai ma pièce à terre, afin qu'il eût encore à la ramasser. Il s'en acquitta avec autant d'élégance que la première fois, et ajouta même, la pièce remise, un petit salut de la tête qui me fit beaucoup rire.

Et, pour le voir recommencer, me voilà lançant mon beau louis d'or à deux pas de moi, puis à trois pas, et recommençant encore, et pressant Phanor:

— Ici, allons! apporte! apporte!

Tout à coup l'animal revient à moi avec une horrible grimace, sa gueule est affreusement ouverte, son œil ahuri s'injecte, une toux convulsive l'agite: on sent l'effort désespéré du malheureux qui étrangle. Ma pièce... c'est ma pièce qui...

Je m'élance éperdu. Mais Phanor, quoique encore penaud, reprend déjà son sourire, le calme

renait sur son museau... Il paraît que la pièce
a passé. Malédiction !

Ici Phanor comprend qu'il peut avoir des
comptes à rendre et fait volte-face dans la
direction où son maître avait disparu ; mais je le
saisis d'un bras vigoureux. Fuir, allons donc !
fuir avec mes vingt francs, est-ce que je le
permettrai ! De la rue, je pousse Phanor dans
l'allée et je referme la porte sur lui.

Dans la rapidité vertigineuse du rêve, je vois
passer sous mes yeux la bourse à coulants d'acier
de mon parrain, ma pièce d'or perdue, Blandine
au désespoir, Asnières, son bal, ses canots et
ses cabarets s'envolant à tire-d'aile? Une indicible angoisse m'étreint. Je regarde Phanor avec
désespoir, avec rage ; tout mon être lui crie :

— Malheureux ! rends-moi mes vingt francs !

— Monsieur Tiburce ! dit une voix claire dans
l'escalier.

C'est la voix de Blandine. Je ne sais plus si
je dois répondre ou m'enfuir. Cependant Blandine
m'appelle encore une fois.

— Me voilà, lui dis-je.

Et j'escalade les marches à grandes enjambées

comme pour mieux m'étourdir. Phanor, qui sent que je lui ouvre une issue, monte après moi, aboyant, et mordillant le bas de mon paletot.

— Comment ! s'écria Blandine, vous avez un chien à présent ? Quelle idée ! Où avez-vous pris ce chien-là ?

Je la regardai sans répondre.

— Me voilà chaussée, poursuivit-elle.

En disant cela, elle repoussait sa jupe de la main, découvrant en alignement deux petits pieds que modelaient étroitement de coquettes bottines. Dieu ! les jolis petits pieds !

Et elle ajouta :

— Maintenant, je n'ai plus à mettre que mon médaillon et mon chapeau... Pour le médaillon, j'ai besoin de vous. Savez-vous faire une rosette ?

Je répondis machinalement :

— Oui, à peu près.

Elle me tendit un velours pour l'attacher derrière son cou. En faisant le nœud, je regardais les petites mèches folles qui frisaient sur sa nuque. Ah ! les agaçantes petites mèches !...

— Comme vous êtes long ! dit-elle.

Quand j'eus fini, elle se retourna.

— Me trouvez-vous à votre goût? fit-elle en se posant devant moi.

A mon goût! Tonnerre et massacre! Elle le demandait! Ah! comme mes lèvres le lui eussent fait entendre si j'avais encore senti mes vingt francs dans ma poche; mais je ne les avais plus, j'étais paralysé.

— Je vous éblouis, n'est-ce pas? fit-elle en riant de mon trouble.

Les mains sur les hanches, elle regarda complaisamment dans la glace, en se haussant sur ses pointes, l'effet de sa robe blanche à bouquets lilas; puis elle sauta gaiement et prit un chapeau qu'elle mit avec soin, tantôt repoussant une fleur, tantôt ébouriffant ses cheveux du doigt.

Je la laissais faire, consterné. Et pourtant il allait bien falloir d'ici à quelques minutes avouer ma situation ridicule. Plus j'y songeais, moins je savais ce que je pourrais lui dire.

— Pschist! pschist! fit tout à coup Blandine en s'adressant à Phanor.

Et à moi:

— Voilà votre affreux chien qui monte sur mes

effets. Ah çà! j'espère que vous n'allez pas
emmener cette bête-là?

Tout ce que je pus faire fut de le lui donner à
entendre par signe.

Cependant Phanor, qui parcourait la chambre
en cherchant une issue, venait de pousser une
porte entr'ouverte.

— Il va faire des sottises par là! poursuivit
Blandine en me le montrant.

Je courus, à la suite de Phanor, dans la pièce
voisine.

C'était un petit cabinet donnant sur la cour ou
sur le jardin — je n'ai jamais su au juste — de
la maison que nous habitions. La vérité m'oblige
à dire que, pour un jardin, cela manquait de fleurs,
et que, pour une cour, c'était un peu dénué de
pavés. Cette cour ou ce jardin se trouvait séparé
par une simple haie de l'enclos voisin, qui peut-
être était également un jardin, à moins que ce ne
fût une cour.

La fenêtre était ouverte. Blandine entra joyeuse
dans le cabinet.

— Là! dit-elle, me voilà prête!

Je cherchais à accoupler deux mots, quand

Phanor, qui venait de mesurer la hauteur du premier étage, s'élança brusquement par la fenêtre.

C'étaient mes vingt francs qui fuyaient. J'eus le vertige. D'un pas je fus à la croisée, d'un . o. d dans la cour, qui était peut-être un jardin. Blandine poussa un cri.

Le chien venait de sauter la haie. Je sautai derrière lui. Nous voilà partis !

J'entendis vaguement la voix effarée de Blandine; vaguement j'entrevis, en sautant la haie, sa blanche silhouette dans l'embrasure de la fenêtre; puis ce fut tout. Les yeux attachés sur Phanor d'une manière invincible, je me jetai désespéré à sa poursuite.

Par où nous passâmes tous deux, je serais fort embarrassé de le dire : peut-être bien par-dessous des hangars, peut-être bien aussi par-dessus, à travers des portes ouvertes, je le croirais fort, par des rues très-probablement. Ce qui ne fait pas de doute, c'est que Phanor, qui décidément avait l'idée de rejoindre son maitre, prenait, par le plus court, le chemin de la gare.

Cette bête intelligente comprenait si bien qu'elle était en retard, que, sans pousser jusqu'à la station, au tournant du pont qui traverse la rue du Port, elle gravit lestement le talus et s'élança sur la voie.

Je n'étais pas venu jusque-là, en faisant le saut de carpe par-dessus les murs, pour reculer devant une escalade. En quatre enjambées, je fus à mon tour au sommet du talus et de là en pleine gare.

— Hé! demanda tout à coup la voix d'un employé, qu'est-ce que vous faites là? Ce n'est pas par ici qu'on sort.

Je le savais parbleu bien, puisqu'au lieu de sortir, j'entrais; donc, je haussai les épaules. L'employé me héla plus fort, en fronçant le sourcil. Phanor avait traversé la voie; j'en profitai pour le rejoindre.

— Votre billet! montrez votre billet! me jeta dans l'oreille un second employé.

Je m'aperçus alors que je me trouvais, malgré moi, confondu avec la queue des arrivants du dernier train de Paris.

— Vous m'ennuyez, dis-je en repoussant mon homme; est-ce que j'ai un billet, moi? je poursuis ce chien.

Et, pour faire preuve de ce que j'avançais, je courus sur Phanor, qui humait l'air au bord du talus opposé à celui par lequel nous étions montés.

— Arrêtez! arrêtez! hurla l'employé derrière moi.

Je doublai le pas.

Phanor, au même instant, reprenait sa course. En me voyant venir sur lui, il fit carrément le saut du talus. Je fis ce saut à mon tour, mais non pas assez vite, autant que j'en pus juger par un craquement de mauvais augure : un pan de ma redingote venait de rester aux mains de l'employé.

Peu sensible à cet accident, mon voleur détalait de toute la vigueur de ses quatre pattes en suivant très-exactement, malgré les obstacles, le bord du remblai. Ce fut alors que je commençai à comprendre que Phanor, ayant retrouvé la piste de son maître, pourrait bien être à la poursuite du train qui filait vers la capitale.

Sa persistance à ne pas quitter les limites de la voie changea bientôt cette supposition en certitude. Persuasion charmante !

Je continuai de courir avec cette aimable

perspective de ne faire halte qu'à Paris. Cependant Phanor gagnait sur moi d'une façon terrible.

C'était avec un désespoir croissant que je le suivais des yeux. Un conflit avec un voiturier dans les jambes duquel il alla se jeter, me permit heureusement de le rejoindre. L'animal n'avait pas l'air de me voir venir. Il faut croire pourtant qu'il eut quelque idée de mon approche; car, au moment où je me penchais pour le saisir, il se déroba sous moi tout à coup, et je m'étalai les mains en avant à plat ventre sur la route poudreuse.

Le voiturier me renvoya Phanor d'un coup de fouet, et je pus, dans un choc dont les genoux de mon pantalon eurent fort à souffrir, saisir à bras-le-corps l'animal récalcitrant. Ne sachant comment le tenir, car il n'avait pas de collier, j'eus l'idée de lui attacher mon mouchoir autour du cou. Mais ma main, en cherchant ma poche de derrière, ne rencontra plus que le vide. Mon mouchoir était, avec un des pans de mon vêtement, entre les mains de l'employé du chemin de fer.

MES VINGT FRANCS 133

Je pensai alors que cet employé rageur devait
détenir non-seulement mon mouchoir, mais aussi
mon carnet, sur la première page duquel j'avais
eu — à tort assurément — la précaution d'écrire:
« Si celui qui trouve ce carnet est un honnête
homme, il le rapportera à M. Tiburce (Pierre-
Amédée), rue Compoise n° 62, à Saint-Denis. »
A défaut de mouchoir, je me dépouillai de ma
cravate pour la passer au cou de Phanor. Je supposais qu'en ramenant les deux extrémités dans
ma main, je pourrais le tenir en laisse. Je
réussis d'abord ; mais, au premier mouvement de
volte-face que je voulus lui faire exécuter, Phanor
ne me cacha pas que ce mouvement lui déplai-
sait. J'insistai. Il y eut tiraillement, et l'animal,
m'échappant, s'élança comme un dératé sur la
route de Saint-Ouen, à l'embranchement de
laquelle ce petit débat avait lieu.

Nous voilà repartis, l'un poursuivant l'autre.

Le soleil dardait à plaisir ses rayons sur la
route. De temps en temps, sans m'arrêter, je
retirais mon chapeau pour essuyer la sueur
qui baignait mon visage. Il me souvient encore
de ce chapeau grotesque dont l'économie de

8

madame Langumier m'avait affublé et qui m'écrasait de son poids.

C'était un chapeau d'un gris roux, à longs poils, très-haut de forme et d'une coupe spéciale que mon parrain avait cru devoir adopter depuis longues années, et à laquelle il restait fidèle en dépit des variations de la mode. On avait retrouvé à point ce couvre-chef abandonné dans un des coins du grenier pour m'en gratifier le lendemain de mon arrivée.

Or, il faut savoir que mon parrain ne portait jamais un chapeau moins de trois ans, et celui-ci avait vu tant de mauvais jours, il avait connu tant d'accidents, subi tant d'orages, que les trois quarts de ses poils, au moins, en étaient tombés, et que les survivants, écourtés plus ou moins par l'usure, se hérissaient dans toutes les attitudes de la désolation. Comme il était beaucoup trop large pour ma tête, madame Langumier en avait garni la coiffe avec du papier ; aussi maintenant m'allait-il, selon son expression, « comme un gant ».

Cependant Phanor fuyait toujours. Ses pattes de derrière, battant avec régularité la poussière, soulevaient derrière lui un nuage qui me le dérobait presque. Je ne le voyais plus que par éclaircies, et chaque fois plus petit, car il était plus loin.

Enfin, sans ralentir le pas, essoufflé, ruisselant de sueur, devinant la trace de Phanor plutôt que je ne la voyais, j'atteignis le pont de Saint-Ouen. De l'autre côté circulaient des groupes joyeux devant des ginguettes appétissantes. Mon cœur se serra. Pauvre Blandine, hélas! et pauvre, moi! Il semblait qu'en me présentant le spectacle de ces couples attablés, le destin railleur continuât de se jouer de moi!

Arrivé aux premières maisons de l'île, je me laissai tomber sur un banc, cherchant des yeux avec désespoir Phanor disparu, regardant en arrière, avec un désespoir égal, la longue route parcourue. Comme j'étais loin de Blandine! Et loin de mes vingt francs!

Mais des aboiements frappent mon oreille. Je me retourne. C'est Phanor, Phanor lui-même au milieu d'un cercle de jeunes gens qui s'en amusent. Ils ont vu venir à eux ce chien portant une cravate. Un chien cravaté, cela leur a paru

sortir de toutes les règles. Ils l'ont voulu voir
de près ; ils l'ont arrêté. Maintenant, ils le tiennent
et lui refont son nœud avec des éclats de rires.
Je me précipite, on me rend Phanor. Et les rires
nous suivent. Sont–ils pour l'homme ou pour
la bête? Je ne m'en informe pas.

C'est Phanor qui marche devant. A présent,
je me laisse conduire, abattu, inconscient. Que
m'importe où nous irons? Je suis mes vingt
francs, voilà tout. Je ne me demande même pas
si Phanor peut me les rendre. Le mouvement
qui m'a jeté à la suite de cette bête d'une façon
si ridicule était tout instinctif; je ne l'ai pas
raisonné. Devenu plus calme, je cherche où je
vais et ce que je dois attendre. Comment le chien
pourrait-il, hélas! me restituer mon beau louis
d'or? Comment? Parbleu! n'était–ce pas tout
simple? Et au même instant la seule solution
possible se présenta à mon esprit. Étrange pensée
qui venait s'unir par un lien commun à celle de
mes amours!

Il ne fallait donc que de la patience.

— Tôt ou tard, pensais-je en regardant Phanor, la nature doit parler.

Et j'attendais, plein d'anxiété. Et la nature ne parlait pas.

Afin de prêter secours à la nature, je tirai de la poche de derrière qui me restait, un talon de pain, débris d'un déjeuner vivement expédié, puis j'en rompis une bouchée que je tendis à Phanor. Il secoua dédaigneusement la tête en signe de refus. Le misérable n'avait même pas faim! Je resserrai mon talon de pain sans rien dire. La colère et le désespoir m'étranglaient : j'avais soif.

A ce moment, la valeur d'un verre d'une eau claire et limpide frappa mes regards entre les pierres d'un ruisselet à sec. Phanor s'élança vers cette eau et j'eus le courage de ne pas la lui disputer.

— Cela la fera peut-être couler! me dis-je en pensant à la pièce.

Vain sacrifice!

Et nous allions toujours à travers la plaine. Par instant, la figure stupéfaite de Blandine m'apparaissait. Je la revoyais à sa fenêtre, comme au moment où je l'avais quittée d'une façon si étrange; je la revoyais coiffée, prête à partir; j'avais son dernier cri dans l'oreille: « Eh bien!

8.

où allez-vous? » Tout à coup, je ne sais pourquoi, derrière cette image aimée, une autre se dressa, l'image railleuse du voisin aux longues moustaches.

Je regardai Phanor avec rage. Nous étions seuls, la campagne était solitaire, j'avais dans ma poche un couteau, et d'ailleurs il ne manquait pas de pierres autour de nous. Je pouvais tuer cette bête. Je crus que j'allais le faire. Phanor tourna vers moi ses grands yeux clairs. Alors j'eus honte de mes pensées. Je pris mon front entre mes mains, et me jetai sur le revers de la route, songeant à quel fil ténu notre bonheur est attaché.

Quand je relevai la tête, Phanor n'était plus là. J'éprouvai une secousse involontaire. Derrière moi, à cinquante pas, il y avait maintenant deux chiens au lieu d'un. Je ne tardai pas à reconnaitre, dans le plus turbulent des deux, mon Phanor, qui poursuivait de ses galanteries une jeune chienne.

La demoiselle, après avoir préludé par des coquetteries, semblait maintenant vouloir se dérober. Elle prenait l'air d'une femme qui dit:

« Non, monsieur, je ne vous écouterai point;
vos obsessions sont inutiles. J'appelle, si vous
ne vous retirez pas! » Mais l'entreprenant Phanor
n'était pas, à ce qu'il paraît, gaillard à lâcher
pied pour si peu. Il attaquait la belle avec
audace. Et la belle fuyait. Et Phanor de la
poursuivre, et moi de poursuivre Phanor, qui
menaçait de disparaître. Sans les circuits dont
ils agrémentaient leur course, je n'eusse jamais
rejoint les deux chiens. Le hasard nous accula
tous trois dans un potager. Je ne me serais peut-
être pas aperçu que nous portions le ravage
parmi les asperges et les petits pois sans les
cris forcenés d'une vieille femme qui sortit
d'une masure voisine.

Du reste, j'étais tout occupé d'atteindre Phanor,
qui n'était occupé lui-même que d'atteindre la
jeune chienne; et pendant que la vieille continuait ses cris, nous nous livrions les uns à l'égard
des autres, en pleins légumes, à toute sorte de
vis-à-vis et de chassés-croisés.

J'ignore combien de temps nous fussions restés
dans le potager, si la chienne n'avait pris enfin le
parti d'en sortir. Phanor la suivit, et je détalai

à mon tour, mais non pas seul. La vieille s'était attachée à moi, *unguibus et rostro*, des ongles et du bec, car, tout en s'agrippant à mes effets, elle m'accablait d'invectives. Je secouai l'embrassement de cette mégère, et, pour garer mon visage, je la tins à distance en lui serrant les poings.

J'étais depuis un moment dans cette position d'athlète victorieux, et la vieille ne cessait d'appeler à l'aide, quand une voix marmotta derrière moi :

— Hé... mais... ais... c'est mon... mon... c'est monsieur... Tib... Tib...

Dès les premières syllabes, j'avais reconnu le timbre de l'atroce Taupinet, de l'homme aux dicotylédons chez qui mon parrain voulait m'entraîner le matin. Il venait de déboucher de je sais quel sentier qui longeait la masure, et m'avait, hélas! reconnu aussitôt par derrière, sans doute à la coiffure si caractéristique dont j'étais affublé.

Pour le coup, je fus atterré. L'idée que, dans quelques instants sans doute, l'homme qui venait de me voir là, et dans l'état où je me trouvais, allait converser avec mon parrain, me fit voir mille bluettes. Je fus près de m'élancer sur le Taupinet en lui criant :

— Tu te trompes, infâme botaniste, ce n'est pas moi !

Mais le courage me manqua. Pour échapper, je lâchai les poings de la vieille. Celle-ci, qui tirait en arrière de toutes ses forces, alla s'asseoir dans la poussière et M. Taupinet, brusquement atteint dans les jambes par le moulinet d'un des bras de la bonne femme, fit une cabriole inattendue. C'est de loin que je vis ce petit tableau sur la route, et j'en aurais certainement bien ri, si je n'y eusse pas joué pour ma part un rôle aussi lamentable.

Pour le moment, le plus pressé était de courir et de courir très-fort; car, de loin, la vieille en furie ne cessait pas de me montrer le poing. C'est ainsi que je pus rejoindre Phanor, qui continuait ses assiduités auprès de la jeune chienne. Tout à coup l'objet de sa tendresse sauta par-dessus un fossé; Phanor le sauta derrière elle, et je le sautai derrière Phanor, pas fâché du tout de voir une grande ouverture béante entre la rancune de la vieille et moi.

Cependant, le fossé sauté, je ne fus pas sans inquiétude. J'étais dans une propriété privée. On eût été troublé à moins. Je passai la main sur mon front et m'aperçus, dans ce mouvement, que j'avais laissé mon chapeau sur le théâtre de la bataille.

Se présenter nu-tête, avec un pan de moins, débraillé, sans cravate, dans une maison inconnue, pouvait paraître au moins étrange. J'eus envie de ressauter le fossé. Il me sembla beaucoup plus large qu'auparavant. Le lieu était ombragé. Je m'enfonçai sous les arbres pour chercher une sortie.

Plus attentif à me dérober qu'à rattraper Phanor, je me glissais de massif en massif, quand la vue de deux personnes frappa désagréablement mes yeux. Par bonheur, elles me tournaient le dos.

De ces deux personnes, une seule appartenait à mon sexe. C'était un individu bien frisé, pommadé, vêtu d'un costume en drap de haute fantaisie. Il portait son chapeau de paille à la main, ce qui fait que je voyais admirablement la longue

raie qui lui séparait les cheveux avec correction
depuis le sommet du crâne jusqu'à la nuque.

A côté de lui marchait une dame qui, du bout
de son ombrelle, lui donnait de temps en temps,
mais sans mauvaise humeur, de petits coups
sur les doigts. Il est vrai que le monsieur les
méritait bien. Tantôt c'était la taille de la dame
qu'il enlaçait agréablement, tantôt une main
qu'il étreignait et tenait quelque temps appuyée
sur ses lèvres.

A voir le sans-façon avec lequel s'accomplis-
saient tous ces galants manéges, je jugeai aussitôt que j'étais en présence du maître et de la
maîtresse de la maison. Pour les éviter, j'obli-
quai du côté de l'habitation que j'apercevais à
travers les arbres; mais, à ce moment même,
un homme à gros favoris noirs parut sur le seuil,
se disposant à gagner le parc.

J'étais pris entre deux feux. Il n'y avait plus
à essayer de me cacher. Je toussai très-fort pour
me faire remarquer. Le couple égaré sous les
massifs se retourna avec une certaine émotion;
quant à l'homme aux gros favoris, il leva la tête,
et, venant à moi, me demanda d'une voix brusque:

— Qui êtes-vous?

La façon dont ces paroles furent prononcées me fit juger du premier coup que j'avais dû me tromper dans mes suppositions relativement au maître de la maison.

— Je vous demande pardon, lui dis-je en balbutiant, je cours après mon chien...

Et je lui expliquai comment Phanor venait de sauter le fossé.

— Où est-il, ce chien? demanda l'homme aux favoris noirs, du même ton bourru.

Justement mes deux bêtes vinrent à passer.

— Phanor! s'exclama mon interlocuteur; c'est Phanor que vous promenez?

Je fis de la tête un signe égaré qui tenait de la négation presque autant que de l'affirmation. Phanor connu dans la maison! Je me sentais passer par toutes les couleurs de l'arc-en-ciel. Heureusement l'homme aux favoris noirs qui regardait l'objet des poursuites de Phanor, ajouta :

— Mais c'est la chienne à Cyprien!

Au même instant, le monsieur et la dame dont j'avais surpris les tendres épanchements débouchèrent dans l'allée. Maintenant ils étaient fort

calmes, marchant à distance l'un de l'autre, et
la dame n'avait plus besoin, mais plus besoin
du tout, de jouer de l'ombrelle.

— Eh! parbleu! s'écria mon interlocuteur,
voilà Cyprien lui-même.

— On m'avait dit que vous dormiez, fit Cyprien en arrondissant un sourire; je n'aurais eu
garde de vous réveiller.

Et l'on se donna d'énergiques poignées de
mains.

— Enfin, j'espère que ma femme vous a reçu
comme il convient, dit celui qui était véritable-
ment le maître du logis. Vous nous restez à dîner
j'imagine?

— Je suis obligé de vous refuser, mon ami.
J'étais en train de dire à madame combien je
suis désolé...

Là-dessus, la dame, tenant sans doute à savoir
jusqu'à quel point je pouvais être persuadé que
ce fût sa désolation que M. Cyprien lui exprimait,
me lança un de ces regards scrutateurs qui vous
fouillent la pensée d'un individu jusqu'en ses
recoins les plus intimes. Je ne pus m'empêcher
de rougir.

A son regard scrutateur, la dame fit aussitôt succéder un regard foudroyant qui me parut pouvoir se traduire ainsi, ou à peu près :

— Ah! tu nous a vus, mon gaillard? alors, tu n'as qu'à te bien tenir!

Pendant ce temps-là, Cyprien échangeait toute sorte d'amabilités avec le mari de la dame.

— Vous prendrez bien quelque chose, au moins?

— Non, rien, je vous assure. On m'attend; si je suis entré, c'est en passant. J'ai là ma voiture, à la porte. Allons, Finette, Finette! ici, Finette!

Et, tout en prenant congé :

— Retenez donc votre chien.

— Ce n'est pas mon chien, dit le maître de la maison, en attrapant Phanor, c'est le chien de Carbonnel que ce petit promène.

M. Cyprien adressa à madame un salut magnifique, tenant des deux mains son chapeau sur la poitrine, tandis qu'il rentrait la tête dans les épaules en faisant le gros dos, puis il s'éloigna; et Dieu sait si j'avais envie de faire comme ui.

Mais le maitre de la maison venait à moi, tenant toujours Phanor, qui hurlait après l'aimable Finette.

— Brigand de Phanor! fit-il gaiement; le plaisir et les belles... C'est tout le portrait de son maitre!... Il va bien, Carbonnel?

Je bégayai une réponse affirmative.

— Tu ne lui offres pas un doigt de vin? dit le mari à sa femme.

Elle le regarda, ayant l'air de demander :

— Qui ça, lui?

Le mari me désigna du geste, puis, s'adressant directement à moi, voulut bien m'indiquer l'entrée de la maison. Je me glissai fort pena dans la salle à manger.

Pendant que la femme tirait un verre du buffet, je remarquai qu'elle se penchait vers son mari comme pour lui glisser une réflexion. Autant que j'en pus juger par le coup d'œil que mon hôte à son tour me lança, la réflexion n'était rien moins qu'aimable pour moi.

— Venez, me dit superbement la dame.

Je n'osais plus la regarder. Je me sentais sous le coup d'une hostilité sourde, et plus je me persuadais de cette hostilité, plus mon trouble augmentait.

Par un effet stupide, mais fréquent, c'était le coupable qui faisait perdre contenance à l'innocent. Elle avait des reproches à se faire et c'était moi qui rougissais.

— Ainsi, reprit le maître de la maison, quand je fus rafraîchi, Carbonnel va bien?

Je murmurai :

— Mais oui, pas mal.

— Alors sa goutte ne le fait plus souffrir?

— Euh!... euh!... hasardai-je, comme cela, vous savez...

En prononçant ces mots avec embarras, je réfléchis qu'il eût été plus simple d'avouer tout de suite que Carbonnel m'était complétement inconnu; mais il était trop tard maintenant; il fallait connaître Carbonnel, il n'y avait pas à dire.

— Et sa sœur, la belle Julie? demanda l'homme aux favoris noirs.

Je crus pouvoir répondre sans me compromettre:

— Toujours la même.

— Alors vous les voyez souvent?

— Euh! fis-je, cela dépend...

— Vous êtes donc occupé chez Carbonnel?

— Occupé... pas précisément... cependant...

Je ne savais plus que dire. Un nouveau regard de la dame aux coups d'ombrelle acheva de me désorienter.

— Enfin, demanda encore mon tortionnaire, Carbonnel est toujours content des affaires?

A ce moment, je ne sais comment il se fit qu'une enseigne, que j'avais lue bien souvent dans la grande rue de Saint-Denis, me revint à la mémoire : *Carbonnel, épicier.* Je crus à une perche que le hasard me tendait. Au lieu d'un « oui » banal, ce fut donc avec assurance que je répondis :

— Oh! enchanté! l'épicerie ne désemplit pas.

Le mari et la femme échangèrent un coup d'œil qui me cassa les jambes. Je compris qu'il venait de m'échapper une bourde énorme.

— Où logez-vous donc Carbonnel? demanda brusquement l'homme aux favoris noirs.

Mon attitude répondit assez que je ne le savais pas.

— On ne vous a pas donné ce chien à promener, poursuivit-il, vous êtes un polisson!

— Un drôle de la pire espèce! dit la femme en renchérissant. Je vous l'avais dit, quand je l'ai vu, Edgard.

Et, en appuyant, elle ajouta :

— Il est capable de tous les mensonges.

D'un coup, la méchante femme m'avait retiré toute prise sur elle. Elle n'en fut pas plus indulgente pour cela, et, sur ces mots de son mari : « Phanor a été volé! » elle n'eut rien de plus pressé que d'ajouter :

— C'est un petit filou.

Puis à son mari :

— J'avais des pressentiments, Edgard; vous le voyez, mes pressentiments ne me trompent jamais.

Rien n'égale la férocité d'une femme prise en faute.

— C'est lui qui aura franchi notre fossé l'autre nuit! s'exclama-t-elle.

— Alors c'est lui qui dévaste nos plates-bandes, dit le mari lancé à son tour.

— C'est lui qui dérobe nos légumes, reprit la femme.

— C'est peut-être lui, hasarda le mari, qui a cherché, l'autre nuit, à forcer ce volet...

— C'est lui ! dit la femme avec assurance.

Je vis le moment où elle allait me convaincre de rupture de ban, de vol à main armée et d'assassinat. Il n'y avait pas deux partis à prendre. Les fenêtres étaient ouvertes. Je me précipitai vers l'une d'elles, et, saisissant la balustrade de la main droite, je fis en pirouettant un saut dans le jardin.

Cependant le maître de la maison avait surpris mon mouvement. Il s'élança en même temps que moi vers la fenêtre et voulut me saisir par la main dont j'avais fait un point d'appui. Heureusement, je fus si prompt que la main de mon adversaire glissa sur la mienne.

Tout ce qu'il put faire fut de s'accrocher à la manchette de ma chemise, qui, lui resta dans la main. Poursuivi par les cris forcenés de mes hôtes improvisés, je gagnai la porte, je l'ouvris avant que personne eût le temps de s'y opposer, et m'élançai dans la plaine avec toute la vigueur musculaire dont j'étais capable.

Cependant j'entendais à distance un bruit derrière moi, comme si quelqu'un m'avait poursuivi. Vainement je doublai le pas, le bruit se rap-

prochait. Enfin, incapable de lutter de vitesse
plus longtemps, je me jetai à plat ventre dans
les herbes. Quelque chose ou quelqu'un déboula
sur moi.

— Je suis mort! pensai-je.

Alors je sentis qu'on me léchait la figure, et
un soupir de satisfaction dégonfla ma poitrine.
C'était Phanor, Phanor, qui, enfermé en même
temps que moi dans la salle à manger, avait
profité de mon exemple pour brûler la politesse
aux amis de son maitre. Je levai la tête au-dessus des herbes : nous étions bien seuls tous les
deux dans la plaine.

Brave chien! on eût dit que, sensible à tous
mes déboires, il cherchait à me faire oublier par
ses tendresses la situation pénible que lui-même
m'avait involontairement créée. Il gambadait
autour de moi comme pour m'égayer, s'arrêtant
par moments avec de petits mouvements de
queue qui paraissaient dire : « Allons, du courage, morbleu ! Il faut être philosophe ici-bas ! »

Touché de ces aimables exhortations, j'avais
commencé de caresser Phanor; cependant, après
réflexion. je le repoussai. L'idée qu'on pourrait

encore me traiter de voleur de chien me faisait
horreur.

Je me levai, et montrant à Phanor un sentier,
pendant que je me disposais à en suivre un
autre :

— Va! lui dis-je avec un signe de la main.

Le chien partit comme une flèche dans la direction que je lui avais indiquée; puis il flaira le
vent et revint vers moi.

— Va, lui répétai-je, va!

Il repartit, le nez à terre, comme s'il flairait
une piste. Phanor avait-il mal saisi ma pensée?
Était-ce son cœur qui se refusait à m'entendre,
quand je le sommais de me laisser là? Toujours
est-il que le drôle, au lieu de s'éloigner, se mettait à quêter. Et il allait de droite, et il allait
de gauche, ne s'arrêtant que pour m'interroger
du regard. Sur ses pas s'envolèrent deux ou
trois compagnies de perdreaux, qu'il suivit d'un
œil d'envie.

Soudain, je le vis se précipiter dans un repli
de terrain, y faire deux ou trois bonds
puis revenir à moi d'un air triomphant. Il
tenait quelque chose entre ses dents. J'avançai

9.

la main et je reconnus un malheureux perdreau
étranglé; la patte du volatile portait la trace d'une
blessure récente qui expliquait sa facile capture.

J'étais déjà fort embarrassé du cadeau de Phanor, quand, pour mettre le comble à mon embarras, le chapeau, puis la tête, puis le torse
d'un garde champêtre émergèrent de l'horizon.
Je m'empressai de faire disparaître le corps du
délit dans la poche de derrière qui me restait;
après quoi, plus libre de mes mouvements, j'étu-
diai de loin si l'attitude du garde champêtre ne
me dénoncerait pas ses secrètes pensées.

Comme il venait droit sur moi, je ne fus
pas long à supposer que sa pensée la plus in-
time était de m'être désagréable; aussi m'em-
pressai-je de me replier vers un bouquet d'arbres,
qui formait une fraîche oasis dans cette plaine en-
soleillée. Le malheur est que je ne pouvais guère
m'en échapper sans être vu.

Cependant, le garde champêtre avait changé
sa ligne droite en ligne oblique pour avoir le
plaisir de me rencontrer. Ne pouvant rentrer
sous terre, ce qui pourtant m'eût été alors sou-
verainement agréable, il ne me restait plus qu'un

parti à prendre : monter au plus haut d'un des arbres sous le couvert desquels je me trouvais caché.

Donc, me voilà grimpant le long de l'écorce rugueuse d'un gros orme. Ce qu'il m'en coûta, tu le sus, ô pantalon des dimanches que je portais cet heureux dimanche-là ! Huit jours après, mes jambes en souffraient encore ; mais sur le moment je ne sentais pas la douleur.

Enfin je suis dans les branches, bien dissimulé, du moins je l'espère. Hélas ! j'avais compté sans Phanor. Ce chien de malheur, qui m'a fui tant que j'ai voulu l'atteindre, se refuse à me quitter, maintenant que je le souhaite à tous les diables. En vain j'esquisse de loin des gestes désespérés pour l'éloigner, il tourne autour de mon arbre, il l'embrasse, il s'y suspend avec des gémissements pleins de tendresse !

Fâcheuse tendresse ! Comment n'attirerait-elle pas l'attention du garde champêtre ? C'était bien la peine de monter dans cet arbre ! J'aurais laissé au bas un écriteau : « C'est ici que je me cache », que j'eusse été tout aussi avancé.

Le garde champêtre n'avait pas à hésiter. Il

n'hésita pas. Il vint sans dévier à mon arbre puis, levant le nez :

— Hé! vous, là-haut! dit-il, faites-moi donc le plaisir de descendre.

— Pourquoi faire? demandai-je, affectant un grand air d'innocence.

— Tiens, fit le garde champêtre, pour causer un brin.

— Si ça vous était égal, nous pourrions causer comme cela.

— Non, dit le garde, ça me fait parler trop fort. D'ailleurs, je dois faire respecter les arbres de la commune. Allons, descendez, et plus vite que ça!

— Et si je ne descendais pas?

— J'en serais désolé; mais je devrais vous dresser procès-verbal pour résistance à l'autorité.

— Et si je descendais?

— Je vous dresserais seulement procès-verbal pour chasse en temps prohibé.

— Eh bien, je ne descends pas.

— Vous descendrez.

— Je ne descendrai pas.

Le garde champêtre poussa un grognement.

Il colla d'un air martial son sabre sous son aisselle gauche et fronça le sourcil.

— Écoutez, lui dis-je, je crois que vous me prenez pour un autre. Moi, je ne suis pas plus chasseur que votre briquet.

— C'est donc ce chien-là qui l'est pour vous? fit le représentant de l'autorité, en jetant de côté un coup d'œil à Phanor.

Je haussai les épaules. Mon interlocuteur fit entendre un grognement plus accentué que le premier. J'évoquai aussitôt le souvenir du garde champêtre légendaire, ce garde dont on a raison avec une pièce de quarante sous. Ah! si j'avais eu quarante sous!... Mais je n'avais pas cinq centimes.

— Allons, dis-je à mon garde champêtre, vous tâchez de vous faire plus méchant que vous n'êtes. Au fond, vous êtes un bon enfant; ça se lit sur votre figure...

Et, pensant l'avoir adouci par ce préambule, j'ajoutai en tirant la perdrix de ma poche:

— Tenez, voici l'objet, prenez-le pour vous et qu'il n'en soit plus question.

Et je lui lançai la bête.

Le garde champêtre me regarda d'un regard en coulisse ; puis son visage s'épanouit.

— Et allons donc ! s'écria-t-il avec un large rire. C'est tout ce qu'on vous demandait, mon bon. Maintenant, l'affaire est dans le sac.

— Ah ! parbleu ! lui dis-je, vous êtes un brave homme.

Et je me mis en devoir de descendre.

— Comme cela, demandai-je encore par mesure de précaution, plus de procès-verbal ?

— Plus le moindre !... dit gaiement mon ami le garde champêtre.

Au même moment, je mettais le pied à terre. Je lui tendis les mains avec effusion.

Il les prit dans sa main droite, et, de sa main gauche, me saisissant au collet, il ajouta :

— Seulement, je vous arrête !

J'étais pincé.

— Vous allez me suivre chez M. le maire, dit-il. Votre cas s'aggrave d'une tentative de corruption sur un agent de l'autorité.

Je ne pus retenir ce mot :

— Canaille !

— Et d'invectives audit agent, reprit mon faux ami en me secouant par le collet.

Je me baissai brusquement pour tâcher d'échapper; mais je fus remis droit sur mes pieds par un poignet de fer. Il n'y avait pas de résistance à essayer. Je me laissai conduire.

Nous marchâmes pendant un quart d'heure à peu près à travers champs pour atteindre Gennevilliers. Arrivés au village, nous tournâmes deux ou trois rues; puis mon guide, s'arrêtant devant une porte de jardin, en fit tinter la sonnette. Une servante vint ouvrir.

— M'sieu le maire est-il chez lui? demanda le garde champêtre.

— Oui, dit la bonne; mais c'est qu'il est bien occupé. Nous avons du monde à dîner ce soir et il tient à faire le civet lui-même...

Sur le mot civet, je remarquai que mon conducteur toussa un peu.

— Il y a déjà quelqu'un qui l'attend; enfin je vais lui dire que c'est vous, père Mathias.

Nous fîmes quelques pas dans le jardin, dont le père Mathias avait soigneusement refermé la porte sur Phanor et sur moi. Bientôt un gros homme parut, qui portait un tablier de cuisine serré à la hauteur du sein.

— Qu'est-ce que c'est, père Mathias ? demanda-t-il en s'approchant.

— Un mauvais drôle que je vous amène m'sieu le maire.

— De quoi s'agit-il ?

— Primo, d'abord, chasse en temps prohibé.

— Hum ! fit M. le maire avec une singulière grimace, hum ! c'est très-grave !

Et, comme, au moment où il disait cela, ses yeux s'étaient abaissés sur son tablier maculé de sang et couvert de poils, il eut la pudeur de le retirer.

— Avez-vous votre procès-verbal ? demanda-t-il.

— M'sieu le maire m'excusera. Un individu inconnu à la commune. J'aime mieux que m'sieu le maire l'interroge lui-même... d'autant plus que ce personnage s'est permis à mon égard...

— Quoi donc ?

Le garde champêtre allait parler, quand une vieille femme, qui stationnait à quelques pas de nous, s'élança et, me désignant du doigt avec fureur :

— C'est lui, c'est lui!

— Qu'est-ce encore? demanda le maire en faisant un soubresaut.

— Voilà le brigand qui m'a ravagé mes légumes. Et son chien, le voilà aussi; les voilà tous les deux!

— Paix, paix, ma brave femme, dit le maire; c'est donc aussi de monsieur que vous venez vous plaindre?

— Si c'est de lui? Ah! je crois bien que c'est de lui et pas d'un autre! s'écria la vieille avec volubilité. Y a pas sur terre deux bandits pareils! Je le reconnais bien. Ah! il ne dira pas non.

Et, tirant mon chapeau, qu'elle tenait derrière sa jupe:

— C'est-y ton chapeau, ça, chenapan, ou ça l'est-il pas?

— Du calme! interrompit M. le maire. Tout s'expliquera, soyez tranquille.

— Du calme! du calme! Un individu qu'a piétiné mes légumes, qui m'a piétinée moi-même, car il m'a frappée, m'sieu le maire, il m'a frappée. Hé hé hé! il a battu la pauvre femme!

Et la vieille d'éclater en sanglots.

— Bon! me dis-je, voilà une aventure qui se dessine gentiment.

Au même instant, la bonne reparut dans le jardin, et, s'avançant vers son maitre :

— M. Moulleron, dit-elle, voudrait parler à monsieur.

Mais déjà M. Moulleron s'était avancé sur le seuil.

— Un seul mot, cher ami...

Le cœur me battit à se rompre : M. Moulleron, c'était l'homme aux favoris noirs !

— Je tenais à vous signaler sans retard.... dit-il en serrant la main à M. le maire.

Il s'arrêta court, et, me désignant :

— Eh parbleu ! voilà mon voleur.

M. le maire laissa tomber de stupéfaction ses bras le long du corps.

— Comment, encore lui ! dit le maire. Mais c'est donc un misérable au premier chef ?

— Au premier chef, affirma l'homme aux favoris noirs.

— Au premier chef, appuyèrent après lui le garde champêtre et la vieille.

— S'il vous faut une preuve de sa culpabilité,

voici sa manchette, qui m'est restée dans la main comme il se sauvait tantôt de chez moi par la fenêtre.

— Il avait pénétré chez vous?

— Sans doute.

— En plein jour! dit le maire stupéfait, c'est d'une audace incroyable!

— Jusqu'à présent, il n'était venu que la nuit; car c'est lui qui a dû forcer mon volet l'autre soir.

— Vous croyez?

— J'en mettrais ma main au feu... Je l'aurais reconnu rien qu'à la façon dont il a sauté mon fossé tantôt. Il fallait qu'il fût rompu depuis longtemps à cet exercice.

— C'est incroyable! s'écriait le maire, qui continuait à n'en pas revenir; cela ne s'est jamais vu à Gennevilliers!

— Il emmenait avec lui ce chien, reprit M. Moulleron en montrant Phanor; ce chien volé à notre ami Carbonnel.

— Ce chien qu'il excitait à déterrer mes légumes! ajouta la vieille.

— Ce chien qu'il faisait chasser pour lui dans

la plaine, grogna le garde champêtre à son tour, en m'écrasant du regard.

— Eh! vous ne savez ce que vous dites! m'é-criai-je; je n'ai jamais fait chasser personne. Ce chien n'est pas à moi.

— Il avoue le vol du chien! dit vivement l'homme aux favoris noirs.

— Je n'avoue rien du tout!

J'étais hors de moi. Mes trois accusateurs uni-rent leurs voix pour m'accabler. Je leur répondis à tous trois ensemble. Ce fut bientôt un tohu-bohu inintelligible, auquel M. le maire ajoutait encore involontairement en criant à tue-tête aux uns et aux autres qu'ils voulussent bien se taire. Enfin, faute d'haleine, le calme se rétablit.

— Votre nom? me demanda M. le maire.

— Pierre-Amédée Tiburce, répondis-je.

— Je suis sûr qu'il ment, interrompit M. Moul-leron. Oh! il est si menteur! Ma femme l'avait bien jugé!

— Mon ami, mon ami,... fit M. le maire en l'apaisant.

Et à moi:

— Votre profession?

— Je suis le petit clerc de Me Langumier, notaire à Saint-Denis.

— J'espère que vous n'en croyez rien, murmura
mon persécuteur à l'oreille du représentant de la loi.

— Avez-vous des papiers établissant votre
identité? me demanda celui-ci.

— Peut-être, dis-je en fouillant à ma poche.

— Alors ce sont des papiers volés, s'exclama
M. Moulleron.

Cependant je tàtais mes dernières poches, mais
en vain.

— Non, fis-je piteusement, je n'ai rien.

— J'en étais bien sûr, dit M. Moulleron triomphant.

Et la galerie répéta en chœur avec lui :

— Nous en étions bien sûrs!

— C'est bon, dit le maire, on s'informera. En
attendant, il faut se dépêcher..., Mon civ... — il
se reprit,—mes affaires m'appellent. Pendant que
je vais recevoir vos dépositions, à vous, Moulleron, et à cette brave femme, Mathias ira prévenir la
gendarmerie pour que l'on conduise ce gaillard-là
tout de suite à Argenteuil. M. le commissaire de
police s'en arrangera.

—Provisoirement, il me paraîtrait prudent de l'enfermer, dit le père Mathias.

Cette proposition fut très-vivement appuyée par M. Moulleron, qui s'attacha à faire valoir quel danger il y aurait pour la morale, aussi bien que pour la sécurité publique, à ce « qu'un criminel aussi endurci », — ce furent ses propres expressions, — « pût échapper au juste châtiment de ses méfaits.»

M. le maire paraissait réfléchir.

— Si vous aviez une bonne cave…? dit M. Moulleron.

— J'en ai une, mais précisément parce qu'elle est bonne…

— Hum! je comprends…. Alors, un cellier, la moindre des choses.

— Il y a le petit appentis, au fond du jardin.

— Le petit appentis, c'est ça.

— Mais il ne ferme pas.

— Diable! et la remise ?

— Ah! la remise, elle ferme.

— Alors…

Sur cet « alors », M. Moulleron, M. le maire et le père Mathias se regardèrent, et leurs gestes

à tous trois exprimèrent l'entente la plus cor-
diale.

— Allons ! dit le garde champêtre en me
poussant.

Je me laissai conduire. J'étais tellement abasourdi de tout ce qui m'arrivait que je n'eusse
pas fait plus de résistance s'il se fût agi de
marcher à la guillotine. On ferma sur moi la
porte de la remise, dont j'entendis grincer la
serrure rouillée ; puis, pour plus de sûreté, on
alla chercher encore un cadenas, et enfin je ne
sais quelles traverses de bois dont on acheva de
barricader l'entrée.

Il y avait un quart d'heure que j'étais là-
dedans, livré aux réflexions les plus amères,
quand je vis un museau, le museau de Phanor,
paraître à la baie que les planches trop courtes
ménageaient sous la porte.

Phanor, sans doute moins cadenassé que moi,
avait retrouvé ma piste, et semblait vivement
désireux de me rejoindre ; mais le passage était
trop étroit. Un autre se fût découragé : lui gratta
laborieusement la terre de ses pattes, et fit si
bien qu'au bout de quelques instants il pénétrait,

à la faveur d'un petit effort, dans le noir taudis où j'étais prisonnier.

Décidément Phanor tenait à moi.

Dans mon malheur, je n'eus pas le courage de lui garder rigueur et je le caressai. Sans s'en douter d'ailleurs, par son insistance à me rejoindre, il venait de ranimer mes forces abattues. L'exemple de Phanor m'avait montré comment la volonté triomphe de tous les obstacles. Je me dis que, puisque avec de l'adresse on pouvait entrer dans ma prison, avec de l'adresse encore il devait y avoir moyen d'en sortir.

Mon imagination s'échauffa. Toutes les évasions célèbres me revinrent à la mémoire. Je pensai à Latude, au baron de Trenck, à Sidney-Smith, à Casanova, et, m'inspirant de ces illustres devanciers, je commençai, comme eux, par inspecter minutieusement l'endroit où je me trouvais.

C'était un réduit oblong, au fond duquel gisaient entassées toute sorte de choses confuses. Le seul jour qui éclairât vaguement ce capharnaüm arrivait par-dessous la porte. Je crus du moins que c'était le seul, jusqu'à ce qu'une inspection de plus en plus approfondie du lieu m'eut fait aviser une faible lueur dans un des angles avoisinant le plafond. Je pensai qu'il pouvait y avoir là quelque chose ressemblant à une lucarne; cependant je n'en étais pas bien sûr.

Pour me fixer à cet égard, j'empoignai un grand panier à fond plat, que je dressai dans l'encoignure. Je calculais qu'en me tenant debout sur le fond, je pourrais atteindre avec la main le point où je soupçonnais une lucarne. Malheureusement, j'avais calculé sans le degré de moisissure et de vétusté du panier. Mes pieds s'y étaient à peine posés que le fond céda et que je m'abîmai désagréablement dans les profondeurs de l'osier.

Si mon visage en fut un peu meurtri, mon courage, je puis le dire, n'en fut point abattu. Je songeai avec raison que Latude, dans ses tentatives d'évasion, s'y était repris plus d'une fois et qu'il lui en avait coûté beaucoup plus de temps avant d'arriver à ses fins.

Je me mis donc en quête de nouveaux objets : d'autres paniers plus ou moins flasques, de débris de caisses, de chaises sans pieds et même de vieux potions que j'entassai contre la muraille. Quand j'eus bien calé le tout, je gravis avec précaution ce branlant édifice, et, juché sur le sommet, j'étendis la main.

En écartant d'abord un épais tissu de toiles d'araignées, puis en frottant du doigt une couche encore plus épaisse de poussière, je mis au jour un carreau. C'était bien une lucarne !

Non, jamais amateur découvrant, sous le vernis enfumé, l'œuvre d'un Titien ou d'un Raphaël ; jamais archéologue balayant la dernière couche de sable qui lui cachait l'entrée d'un hypogée antique, n'ont éprouvé d'enchantement pareil.

Ma joie fut telle, surtout quand j'eus ouvert la lucarne, qu'elle se communiqua à mes pieds, et que ceux-ci, mettant en mouvement la base fragile sur laquelle ils reposaient, provoquèrent une dégringolade générale d'où je n'échappai que par un tour de force.

Je me retrouvai sur mes pieds, mais excessivement troublé, car je craignais que le bruit de la chute n'eût été entendu et qu'il n'attirât l'attention de mes farouches geôliers. Mon cœur

battait très-fort. Cependant, je me dis encore,
et avec raison que Latude en avait supporté
bien d'autres.

Ayant donc rétabli mon échafaudage, augmenté
de tout ce que je pus découvrir encore de débris
en furetant dans les coins, je me hissai de
nouveau jusqu'au sommet, j'étendis les deux
bras de façon à saisir le bord extérieur de la
lucarne; puis, m'aidant des pieds aux rugosités
de la muraille, je m'élevai d'un suprême effort
jusqu'à la baie et me lançai tête baissée au travers. Il s'en fallut de peu que mon corps ne
passât tout entier. Enfin, tant bien que mal, je
me trouvai à plat ventre sur le bord.

Jusque-là, j'avais craint seulement que la
lucarne ne fût trop étroite pour me livrer passage.
Rassuré de ce côté, je craignais maintenant en
avançant davantage, de faire un plongeon sur la
chaussée, la tête la première.

Par bonheur, le petit corps de bâtiment où
l'on m'avait enfermé était muni d'une gouttière.
Je me retournai dans la lucarne de manière à
présenter le dos à la chaussée, puis je saisis la
gouttière, et fort de ce point d'appui, je fis

prendre successivement à chacune de mes jambes le chemin que mon corps avait suivi.

Je n'avais plus que le second pied à mettre dehors. Portant mes regards autour de moi, je remerciais tout bas le hasard d'avoir ouvert cette lucarne sur une petite rue solitaire, quand tout à coup, à l'une des extrémités de la voie, comme apparaissait à Macbeth le spectre de Banquo, la silhouette sinistre des Langumier m'apparut.

Oui, c'était bien Me Langumier et les siens qui s'avançaient tous les trois de front, la femme au milieu, rouge, bouffie, énorme, figurant assez bien entre sa fille osseuse et son mari efflanqué, la gracieuse image d'un potiron entre deux échalas.

Rentrer, c'était impossible; achever de descendre, je n'en avais pas le temps; je restai donc suspendu, cachant, faute de mieux, ma tête derrière mon bras, comme fait l'autruche sous son aile.

Autre préoccupation vive: si madame Langumier, à défaut de mon visage, allait reconnaître mes chausses! Ce ne fut toutefois qu'une préoccupation passagère, car une sensation étrange

dont je ne me rendis pas bien compte au premier
abord, absorba bientôt toute mon attention.
C'était comme la sensation d'un bercement inat-
tendu, celle d'un baigneur timide qui sent tout
à coup que le fond lui manque.

Je levai les yeux au-dessus de moi : la gouttière était en train de céder lentement sous mon
poids.

Et les Langumier continuaient d'avancer, comme
s'ils ne s'apercevaient de rien ! Ils avançaient côte
à côte, avec cette attitude morne et résignée des
gens qui s'ennuient depuis longtemps ensemble.

Et je voyais, supplice atroce ! le zinc
s'étirer et se tordre davantage de moment en moment ! J'aurais voulu me rattraper à la lucarne :
je ne pouvais pas ! J'aurais voulu crier, faire des
signes : je ne pouvais pas ! J'aurais voulu surtout... être ailleurs, mais je ne pouvais pas ! Et
les Langumier avançaient toujours !

Bientôt je compris qu'il n'y en avait plus pour
longtemps. « Tomberai-je pile ? tomberai-je face ? »
me demandai-je en fermant les yeux. — Je tom-
bai pile. Un cri retentit, puis deux, puis trois.
La secousse ne me fut pas trop rude : je me trou-

10.

vais commodément assis par terre sur la hanche de mon parrain.

Madame et mademoiselle Langumier avaient d'abord bondi de trois pas en arrière. Quand elles furent assurées par ma mine piteuse que je n'en voulais ni à leur mari ni à leur père, elles le vinrent arracher de dessous moi.

— Dieu me pardonne, s'écria la grosse madame Langumier avec stupéfaction, c'est Tiburce !

Et, pendant que la fille, qui venait de caler son père contre la muraille, entreprenait de l'épousseter à coups de mouchoir, elle continua avec autant de gestes que le lui permettait le développement de son buste :

— C'est monsieur votre filleul ! Langumier, vous m'entendez, votre studieux filleul, qui ne nous accompagnait pas pour pouvoir consacrer son dimanche à l'étude, votre filleul qui court les champs. Et dans quel état, miséricorde, dans quel état !

— Dans quel état ! fit mademoiselle Langumier, qui était l'écho ambulant de sa mère.

Je ne me dissimule pas que je devais être dans un état assez remarquable. Après tant d'aventures où j'avais laissé des débris de ma toilette, il eût été sans doute difficile de déterminer à première vue jusqu'à quel point j'étais encore habillé. Ce n'est pas qu'il ne me restât la majeure partie de mes vêtements; mais ces vêtements avaient tellement perdu de leur forme première, ils étaient tellement fripés, tellement souillés, tellement poudreux, tellement lacérés, qu'on m'aurait pris volontiers pour un mendiant, si les balafres de mon visage, ma tête follement ébouriffée et mes mains tachées de sang par les épines, ne m'eussent, à plus juste raison, fait prendre pour un voleur.

— Mais regardez-le donc, Langamier! continuait madame, mais demandez-lui donc d'où il sort!

Et, comme son mari, toujours accoté à la muraille, se contentait, dans son affaissement, de m'interroger du regard:

— Dites, d'où sortez-vous? gémit-elle en s'adressant à moi; petit malheureux d'où sortez-vous?

— D'où sortez-vous? demanda mademoiselle en cessant d'épousseter son père.

Bien entendu, je n'avais garde de répondre. Fort à point comme diversion, Phanor sauta de la lucarne à son tour. Il avait toujours ma cravate au cou. Je me penchai pour la lui reprendre au passage, pensant que ce serait au moins cela de reconquis dans l'intérêt de ma tenue.

Par malheur, dans le mouvement que je fis pour me baisser, mon oreille alla rencontrer la main de madame Langumier. Elle s'en saisit comme d'un objet dont le maniement lui était familier; puis, me secouant de toutes ses forces, elle demanda :

— Où sont vos vingt francs, monsieur le drôle ? Vous ne les avez plus, n'est-ce pas ?

Je désignai piteusement Phanor.

— Non, lui dis-je, c'est le chien...

Je ne sais si elle prit ces quatre mots pour la variante d'une locution familière : « Non, c'est le chat ! » mais le fait est qu'elle me parut vivement frappée et que, me repoussant tout à coup loin d'elle, la grosse dame s'écria :

— Langumier, il est ivre !

— Il est ivre ! murmura l'anguleuse Wilhel- mine.

— Ivre? fit mon parrain en ouvrant de grands
yeux.

— Pouah! reprit madame Langumier insistant
avec une persuasion comique; pouah! il infecté
l'eau-de-vie.

Et, me repoussant :

— Ne m'approchez pas, coureur de tabagies, ne
m'approchez pas!

J'avais presque envie de rire.

— Mais aussi, dit-elle en se croisant les bras,
et regardant son mari, mais aussi n'est-ce pas
pitié de donner vingt francs à un enfant qui n'a
pas l'habitude des grands maniements de fonds.
Si vous teniez à faire une folie en faveur de votre
filleul, il fallait me les remettre à moi, ces vingt
francs. Je lui aurais donné vingt centimes par
semaine; et, comme cela du moins, ils lui eussent
procuré de longues jouissances. Mais, au lieu de
cela, vous avez préféré faire le grand, faire le
magnifique, comme si c'était votre rôle, à vous
un homme réglé, un père de famille...

Et cætera, et cætera...

Je ne sais combien de temps eût duré cette
brillante apostrophe si Phanor ne s'en fût mêlé.

Cette noble bête, qui faisait depuis un moment d'incroyables efforts pour se contenir devant les oripeaux criards dont madame Langumier était affublée n'en put supporter de sang-froid la vue plus longtemps.

Quand madame Langumier surtout commença d'agiter son châle rouge dans le mouvement désordonné de ses bras, alors, pareil au taureau affolé par la *capa* du toréador, Phanor bondit sur elle avec des aboiements furieux.

Madame Langumier, qu'il n'était pourtant pas facile d'interloquer, en fut arrêtée court. Elle se recula avec effroi vers M. Langumier, son protecteur naturel. Celui-ci fit à Phanor : « Pschut ! pschut ! » ce qui l'excita davantage ; sur quoi mademoiselle Langumier, prise d'un beau mouvement, s'élança en ouvrant son ombrelle dont elle fit un bouclier à sa mère.

Cependant Phanor, de plus en plus exalté, s'acharnait aux vêtements de madame Langumier, qui commençait de pousser des cris perçants, pendant que sa fille appelait à l'aide. Cris de femmes, aboiements de chien, c'était beaucoup de bruit pour un pauvre diablé intéressé comme

moi à se cacher. Je pris mes jambes à
mon cou et mis ainsi fin au tapage, car Phanor
lâcha aussitôt sa proie pour se jeter à ma suite.

Et nous voilà repartis tous deux encore une fois :
Phanor avec la même ardeur insouciante, moi
avec quelques angoisses de plus.

Une maitresse appréhension me talonnait cette
fois dans ma course échevelée : l'appréhension des
gendarmes. Aussi ne m'arrêtai-je pour souffler
que quand je me crus bien hors de vue. Alors,
je regardai autour de moi. Rien! n'importe! par
les yeux bêtes de l'imagination, je croyais voir
surgir des tricornes de tous les points de l'horizon.

Je vous fais grâce des marches et contre-marches que j'exécutai à travers la plaine, me glissant
en cherchant mon chemin, de haie en haie et de
fossé en fossé. Ce fut une longue promenade
effarée, qu'entrecoupèrent des hallucinations de
baudriers jaunes et de pantalons bleus.

Phanor ne me lâchait pas. De même qu'il
avait pris le matin possession de mon or, maintenant il avait pris possession de moi. J'étais devenu
son bien, sa chose. Il paraissait avoir la conviction

de mon infériorité, mais sans vouloir me la faire sentir. Au contraire, il me regardait avec bienveillance, il avait même pris l'air un peu protecteur.

Nous atteignîmes, comme le jour tombait, les maisonnettes alignées au bord de l'eau qui constituent, en face de l'île Saint-Denis, le village de Villeneuve-la-Garenne. Par les fenêtres ouvertes, on voyait les gens à table savourant avec des amis le menu du dimanche. Chaque bouffée d'air apportait avec elle des parfums de rôti, de friture et de miroton.

Un fricoteur avait installé ses tables au bord même de la route. Les verres bien brillants et les nappes bien blanches adressaient un commun appel à l'appétit. Entre quatre dîneurs, la tête dans les assiettes, fumait sur un grand plat une appétissante moitié de volaille.

Je ne pus réprimer un regard d'envie. Phanor le surprit. Plus prévenant que je n'aurais souhaité, il fut d'un bond à la hauteur de la volaille, et, s'il ne mit pas les pattes dans le plat, comme le chat de la bergère, et ron, ron, ron, petit patapon, il y mit comme lui le menton... ton, ton.

Quand il vint rebondir près de moi, par-dessus l'épaule d'un convive, Phanor tenait la volaille entre les dents. Vous pensez si je me reculai, si je niai, par mes gestes, toute idée de participation à ce rapt.

Trois des dineurs s'étaient levés, et, avec des cris, tournaient autour de Phanor, qui tournait lui-même autour de moi.

Les curieux, attirés par le spectacle, commençaient à former groupe. En un clin d'œil ils nous enveloppèrent, et je constatai avec anxiété que la foule me fermait toute issue, situation d'autant plus pénible que venaient d'apparaître émergeant cette fois pour tout de bon du milieu de la foule, les tricornes galonnés de blanc de deux gendarmes. L'émotion fut tellement forte, que j'en reçus le contre-coup dans les jambes.

— Qu'est-ce que c'est? demanda Pandore en se frayant un passage.

J'eus une inspiration. Je m'écriai :

— Un chien enragé !

Puis, lançant un bon coup de pied dans les reins de Phanor, je m'élançai, à la faveur du désordre, hurlant et gesticulant, sur la voie que son passage avait ouverte.

— Un chien enragé! un chien enragé!

Tout le monde fuyait dans la direction des maisons en y portant la terrible nouvelle. Les portes s'ouvraient et se fermaient précipitamment; des visages pâles paraissaient dans les embrasures des croisées. Pif! paf! j'entendis à mes oreilles le sifflement de deux balles. C'était la gendarmerie qui entrait en ligne.

Dans l'embarras de savoir si les deux balles s'adressaient plutôt au faux enragé qu'au fugitif authentique, je doublai de vitesse et Phanor allongea le pas de plus belle.

Le pont suspendu de l'île Saint-Denis, sur lequel nous étions engagés, tremblait sous nos pas. Derrière nous, les cris continuaient; devant nous, la panique, non encore expliquée, semblait gagner de proche en proche.

En arrivant dans l'île, Phanor, ahuri, se jette en plein à travers l'étalage d'une pauvre marchande de faïences! Patatras! la marchande sort de ses pots cassés comme une tempête. Ses gémissements fendent l'air, ses menaces appellent les gens aux fenêtres. Au milieu du bruit, un cri part à ma droite d'un rez-de-chaussée :

— Mais c'est Phanor! c'est mon chien!

Son chien! un regard m'a suffi pour reconnaître l'homme à la casquette en peau de renard. Il s'élance avec les autres derrière moi. Volontiers j'abandonnerais la course pour ma part, mais je suis pris dans l'engrenage. Il faut courir. Si je m'arrêtais, je tomberais sur la marchande, qui m'en veut peut-être, et de la marchande sur l'homme à la casquette de renard, qui a le droit de me dire : « Vous êtes un voleur! »

Un voleur! cette idée-là me fait monter la sueur aux tempes. On me l'a dit déjà, que j'étais un voleur, un voleur de chien! Nous avons été vus tout à l'heure ensemble. N'y sommes-nous pas encore? Comment prouver mon innocence? Un voleur, dans ma situation, tâcherait de faire disparaître le corps du délit. Cela est élémentaire; mais faire disparaître Phanor!

Bah! j'ai de l'avance et le brouillard du soir me protége. Profitant du tohu-bohu que provoque sur ce pont payant l'invasion d'une troupe d'individus, je me précipite vers Phanor. Raidissant mes muscles dans un suprême effort, je le soulève de terre et le lance par-dessus le parapet.

Je n'avais pas trop présumé de mes forces. Au contraire. Dans la crainte d'en manquer, je pris un si bel élan pour précipiter Phanor, que j'allai rejoindre le maudit chien dans la Seine.

— Un homme à l'eau ! un homme à l'eau ! s'écrièrent plusieurs voix.

— Il a voulu rattraper le chien qui sautait par-dessus le bord, dit le mieux informé de la bande.

— Mon chien ! mon chien ! criait l'homme à la casquette de renard ; sauvez le chien !

Avant d'en entendre aussi long, j'avais déjà de l'eau par-dessus la tête. Le sentiment de la chute une impression de froid, un bourdonnement dans les oreilles, ce fut tout.

J'ignore quelle est la sensation pour un homme qui sait nager, mais pour un homme qui ne sait pas nager elle est très-désagréable. Je me dis :

— Pour cette fois, mon bon, te voilà f...ichu !

Cependant, comme à ce moment même je touchais le fond, l'instinct de la conservation m'y fit donner un violent coup de pied, à la faveur duquel je remontai jusqu'à la surface.

Je ne sortais pas plutôt de l'onde une manche éplorée, que je sentis les crocs du bon Phanor s'y attacher. De la main qui me restait libre, je me suspendis à son poil généreux. C'était le meilleur moyen de l'empêcher d'avancer, mais soyez donc raisonnable avec la perspective d'être noyé tout à l'heure!

Phanor me tirait à lui, je le tirais à moi, et, comme à chaque mouvement je buvais un coup, c'était de ma part des contorsions désespérées. Enlacés comme nous étions, nous devions faire de loin un groupe assez confus. Cependant, comme, à chaque fois que je venais de boire, cela me faisait lâcher prise, Phanor en profitait pour gagner du terrain, et en dépit de moi nous avancions vers le bord.

— Le voilà! le voilà! firent plusieurs voix partant à la fois de la berge et du pont.

S'agissait-il de l'homme ou de l'animal? Je levai instinctivement la tête pour m'en assurer. Fatalité! la première chose qui frappa mes yeux, ce fut une paire de tricornes.

— Je croyais que les chiens enragés avaient horreur de l'eau? hasarda quelqu'un au-dessus de nous.

— Justement, c'est ce qui prouve que le mien ne l'est pas, fit un timbre gouailleur. Phanor enragé! Eh bien, en voilà une farce!

— Hélas! pensai-je, il ne dit que trop vrai, c'est bien une farce, et l'auteur de cette farce est celui que les tricornes attendent. Je ne sortirai donc d'un mal, ô mon Dieu, que pour retomber dans un pire!

Nous touchions presque le bord.

— Quand je vous disais qu'il allait le ramener! s'écria un curieux.

— C'est pourtant vrai, firent ensemble les deux tricornes.

— Mon bon Phanor! s'exclama avec expansion l'homme à la casquette de renard.

Et, comme tout le monde se précipitait au-devant de nous sur la berge:

— Laissez, laissez, dit-il, c'est moi qui veux le recevoir.

— S'il me reçoit comme un voleur, pensai-je encore, la réception va être jolie!

Au moment où mes mains s'accrochaient aux herbes de la rive, j'eus un mouvement d'hésitation. Ne valait-il pas mieux rester au fond de

l'eau? J'allais lâcher peut-être, quand deux bras
m'enlevèrent en même temps que Phanor. Il y
eut dans la demi-obscurité des exclamations, des
aboiements, des cris, des rires, des hourras; puis,
tout dégouttant d'eau et tout suffoqué que j'étais,
l'homme à la casquette de renard me pressa sur
son cœur.

— Brave jeune homme! excellent jeune homme!
je vous dois cette bête-là! C'est vous qui l'avez
sauvée! Merci, jeune homme, merci!

En disant cela, il fouillait à sa poche:

— Tenez, dit-il.

Je sentis qu'il me glissait quelque chose de
métallique dans la main. Je me penchai. Un louis,
un beau louis de vingt francs reluisait dans l'ombre. Je restai bouche béante, incapable d'articuler un mot. C'était l'être que j'imaginais avoir le
plus à craindre, c'était l'homme à la casquette de
renard qui payait la dette de Phanor!

Pendant qu'en qualité de propriétaire du chien,
il se débattait avec la marchande de faïences, les
deux gendarmes s'étaient, à leur tour, avancés
vers moi bras ouverts.

— Ça n'est pas tout ça, dit quelqu'un pen-

dant que je recevais leur accolade, ce brave
garçon va attraper du mal.

— Il faut le changer, dit un autre.

— Il faut le réchauffer, dit un troisième.

— Une friction tout de suite!

— Vite un petit verre!

Je fus entraîné, presque porté en triomphe jusqu'au cabaret le plus prochain, où tous les soins
imaginables me furent prodigués. C'était à qui
me mettrait le verre aux lèvres, à qui me mar-
brerait la peau sous prétexte de rétablir la
circulation du sang.

Ils étaient au moins quinze s'empressant à me
« changer » et se gênant les uns les autres. Mon
courageux sauvetage fut célébré sur tous les tons
et il n'est pas jusqu'à la cabaretière qui ne deman-
dât la permission d'embrasser l'intrépide jeune
homme qui n'avait pas craint d'exposer sa vie
pour sauver une pauvre bête en danger de
mort.

Pourtant j'avais hâte de rentrer dans Saint-
Denis. Les nouveaux vingt francs qui venaient de
tomber dans ma poche d'une façon si rare et si
inopinée faisaient surgir en moi tout un monde

de pensées. Ils me rouvraient des horizons que
j'avais crus fermés. O Blandine ! Blandine ! je
pouvais donc sans honte me représenter devant
toi, j'avais du moins de quoi te faire oublier,
un prochain dimanche, mon inqualifiable conduite.

Je ne m'arrachai pas sans peine aux étreintes
enthousiastes de mes nouveaux amis. Ils vou-
laient à toute force me faire la conduite jusqu'au
logis ; mais j'étais trop peu fier de ma gloire
pour le permettre.

Enfin je pus m'esquiver, et ce fut avec bien
de la satisfaction que je foulai le pavé de Saint-
Denis, quoique je dusse offrir aux passants un
coup d'œil assez grotesque sous les vêtements
d'emprunt dont j'étais affublé.

Mais j'avais bien le temps de songer à tout
cela ! je ne pensais qu'à mes vingt francs revenus,
à la possibilité de les montrer intacts à Blandine,
au plaisir que j'aurais de lui dire :

— De bien cruelles mésaventures m'ont éloigné
de vous, ont fait pour moi une longue torture
de ce jour qui semblait me promettre tant de
félicités ; mais les vingt francs sont toujours là.

vous le voyez, je n'y ai pas touché. Maintenant
gardez-les jusqu'au premier dimanche. J'aurais
trop peur de moi. C'est à vous, Blandine, que
je les confie. Je veux que ce soit vous qui nous
régaliez dans huit jours, afin qu'il ne me vienne
aucun plaisir que par vous.

Et je m'attendais bien à quelques récrimina-
tions, trop justifiées, hélas! mais je me disais
que Blandine était si bonne, qu'elle ne pouvait
manquer de me pardonner, et je me plaisais à nous
voir de loin scellant le traité de paix par un baiser.

Mais allait-elle être encore à la maison? Atten... e
jusqu'au lendemain pour lui parler, cela me paraissait bien long! Je pressai le pas tant et tant,
que je finis pas courir. Pour que ma pièce n'eût
pas à risquer de sauter hors de mon gilet, je
l'avais prise à la main et mes doigts la serraient
comme un étau.

Dès que je pus aviser sa fenêtre, j'y portai naturellement les yeux. O la vilaine fenêtre noire!
Cependant je continuais d'avancer; mais rien ne
trahissait la présence de Blandine.

— Elle n'y est pas! soupirai-je tristement en
me posant sur le trottoir.

A ce moment même, dans la chambre, une lumière éclaira les rideaux. Une ombre parut, puis deux. Quel démon m'avait poussé là? La première ombre à qui je souris était celle de Blandine; mais, quand j'avisai la seconde... Dieu! quelle angoisse poignante!

Je les vois encore, ces deux longues moustaches se tordant en pointes sans fin. Elles s'allongeaient devant moi nettement accusées sur le fond blanc du rideau. O mes amours finies! Blandine et mon rival étaient ensemble.

Un nuage passa sur mes yeux. Je m'accotai au mur, anéanti, croyant que j'allais mourir.

Ma main laissa glisser la pièce de vingt francs qui tomba en tintinnant sur le trottoir. Une femme qui passait se pencha, disant:

— Vous laissez tomber quelque chose.

Je la regardai machinalement. C'était une pauvresse que je connaissais de longue date. Je la voyais souvent passer, se rendant au lavoir avec ses deux mioches déguenillés. Elle me tendit la pièce:

— Gardez, lui dis-je.

Et je m'enfuis comme un fou.

J'errai dans la ville une partie de la nuit, au

hasard, hébété, m'arrêtant quelquefois pour pleu-
rer. Quand je rentrai, le jour commençait à
poindre. La rue était d'une tranquillité sinistre.
Pas un bruit dans la maison. Je me glissai jusqu'à ma chambre et me jetai sur mon lit. J'é-
tais brisé. Un sommeil de plomb s'empara de
moi. Sans l'énergie de mon collègue Morisson,
je crois que j'aurais dormi vingt-quatre heures.

Car ce fut Morisson que, en ouvrant les yeux,
j'aperçus tout d'abord. Il me tenait par le bras
droit et me secouait de toutes ses forces.

— Ouf! s'écria-t-il, j'ai cru qu'il ne se réveil-
lerait jamais.

Je me tournai pour savoir à qui ces paroles s'a-
dressaient et je ne fus pas peu étonné de voir qu'un
inconnu était occupé à me secouer le bras gauche
de la même façon que mon collègue me secouait
le droit.

Je priai l'inconnu de me lâcher. Il le fit avec
d'autant plus de bonne grâce qu'il était seulement entré sur l'invitation de Morisson, qui, dés-
espérant de me tirer à lui seul du sommeil où
je me trouvais plongé, avait été le requérir dans
l'escalier.

Ce fut au moins ce que je compris, pendant que mon compagnon de labeur quotidien reconduisait l'étranger jusqu'à la porte.

— Mazette! dit-il revenant vers moi, quand une fois vous dormez, vous dormez bien. Nous étions depuis cinq minutes après vous.

— Est-ce qu'il est tard? demandai-je passablement effaré.

— De midi à midi et demi seulement, dit Morisson.

Je fus d'un bond sur mes pieds.

— Et mon parrain? demandai-je.

— C'est lui qui m'envoie à votre recherche. Vous comprenez: depuis huit heures du matin qu'il vous attend! Qu'est-ce que je vais lui dire?

— Que je vous suis, m'écriai-je en passant une des jambes de mon pantalon.

Mon pantalon! puis-je ainsi désigner le vêtement maculé, trop long, aux plis difformes, dont la libéralité des habitants de l'île Saint-Denis m'avait gratifié? Je fus honteux de me voir là dedans. Je regardai la jaquette et le gilet: ils étaient d'un aspect bien pire encore.

Vite, la clef de mon armoire! où est-elle? Je cherche dans tous les tiroirs; c'est en vain! Allons, bon! j'aurai laissé la clef dans la poche de mon pantalon mouillé, de celui qui sèche encore là-bas. J'irai donc comme cela chez mon parrain!

Et je m'habille avec rage. Que va-t-il dire en me voyant, mon parrain? Il est vrai que notre petite rencontre de la veille doit lui fournir déjà matière suffisante à moraliser. Notre rencontre! Brrrr! Je rappelle Morisson qui s'en allait.

— Quel air a-t-il ce matin, mon parrain?

— Dame! il a son air ordinaire. Pour qui le connaît comme vous et moi, ça ne veut rien dire de très-régalant.

— Enfin, il ne paraît pas furieux?

— Furieux? oh! non; tout au plus désagréable.

— Et il ne dit rien?

— Non, rien; mais peut-être qu'il n'en pense pas moins... Alors je l'avertis que vous venez?

— Tout de suite.

— Et s'il demande...

— Ce que je faisais?

— Oui.

— Eh bien, dites-lui la vérité : que je dormais.

— Vous appelez ça dormir, vous; ah! vous êtes modeste!

Et Morisson sortit en ricanant.

Je me hâtai de passer le reste de mon déguisement. Quand j'y pense, je ne peux pas me résoudre à appeler cela un costume. Puis je me rendis à l'étude. Ne pouvant cacher à mon parrain la vérité, je pensai que le mieux était de la lui avouer tout entière. Tout entière?... A Blandine près, bien entendu.

Ce fut mademoiselle Wilhelmine qui vint m'ouvrir la porte. Elle ne m'eut pas plus tôt dévisagé, qu'elle se jeta de côté en levant la main à la hauteur de l'œil, par un geste qui semblait témoigner du dégoût profond que ma vue lui inspirait. Je me dirigeai vers l'étude en murmurant : « Pimbêche » !

— Pas par là, me dit-elle, mon père est dans son cabinet.

Il paraît que Me Langumier avait donné des ordres pour que je fusse immédiatement dirigé vers lui. Je heurtai timidement à la porte.

— Entrez! dirent deux voix en même temps.

Je me trouvai en face de mon parrain et de sa femme.

M⁰ Langumier était gravement assis devant la table sur son siége de cuir; derrière lui, madame Langumier se tenait debout, rouge, les poings sur les hanches, dans l'attitude d'un maréchal des logis qui se dispose à secouer une jeune recrue.

Sa présence seule dans le bureau eût suffi du reste à m'apprendre combien la situation était tendue.

— Enfin, le voilà! s'écria-t-elle dès que j'eus poussé la porte. Ce n'est pas malheureux!

Et, m'intimant l'ordre d'avancer :

— D'où venez-vous?

L'attaque était brusque. Je tournai le dos à madame Langumier, et, m'adressant à mon parrain :

— Écoutez, je vais tout vous dire. . .

— Il va te mentir! s'écria la bouillante mégère.

Il me fallut un grand empire sur moi-même pour me contenter de lui répondre:

— Attendez au moins que j'aie parlé.

— C'est vrai, appuya timidement mon parrain, qui devait avoir préparé quelques phrases bien senties et qui commençait à craindre de trouver de la difficulté à les placer.

— A merveille! s'écria madame Langumier; défendez monsieur votre filleul contre moi! Vous allez peut-être finir par découvrir qu'il est blanc comme neige. Heureusement que je suis comme vous au courant de sa conduite. — Oui, dit-elle, en me montrant un coin de la salle, on connaît vos débordements!

Je me tournai vers l'endroit qu'elle indiquait et ne fus pas peu surpris d'y voir dûment rangées côte à côte toutes les épaves de la veille : ma manchette déchirée, mon chapeau à longs poils et jusqu'à la poche de ma pauvre redingote, de laquelle on avait tiré mon mouchoir et mon carnet. Vous savez, le carnet sur lequel j'avais eu le bon esprit d'écrire : « Si celui qui trouve ce carnet est un honnête homme, etc. »

Par quel hasard ces désagréables témoins se trouvaient-ils réunis si bien à point sur la table de mon parrain? C'est ce dont lui-même allait m'informer sans doute, car il commença d'un ton sentencieux, en feuilletant des papiers :

— Voici, monsieur, plusieurs dépositions et procès-verbaux qui me sont adressés par M. le maire de Gennevilliers...

Mais madame ne pouvait se résoudre à garder si longtemps le silence.

— Nous en tenons bien d'autres de M. Taupinet! interrompit-elle. Cette femme de bas étage avec laquelle il vous a rencontré...

— Est-ce de la vieille paysanne que vous voulez parler?

— Vieille, on ne nous en a rien dit; mais il paraît que vous vous livriez avec elle à des jeux...

— A des jeux?... m'écriai-je révolté. Ah! c'est trop fort!

Le sang me bouillait dans les veines. Je ne pus y tenir. J'arborai l'étendard de la révolte.

— Tenez, dis-je à madame Langumier, votre Taupinet est une cruche, et vous...

La main de madame se leva rapidement. Je baissai le cou. Son geste passa par-dessus moi.

— Et c'est là, s'écria-t-elle en regardant son

mari, c'est là l'homme auquel vous formiez le projet de donner ma fille!

Sa fille! quelle révélation! Pour le coup, je me débattis comme un beau diable.

— Moi, j'épouserais...? Ah! mais non! ah! mais, non! jamais!

— Vous laisserez-vous insulter dans votre enfant? demanda madame Langumier hors d'elle-même.

— Je vais vous renvoyer dès aujourd'hui à votre père, prononça Me Langumier avec son calme ordinaire.

Dans tout autre moment, cette menace m'eût certainement figé la moelle dans les os; mais j'étais un révolté; j'aspirais un air nouveau; rien ne me touchait plus que l'idée radieuse de la délivrance.

— Tout ce que vous voudrez, m'écriai-je, pourvu que je n'épouse pas Wilhelmine!

Sur ces mots, madame Langumier fut prise d'attaque de nerfs, et mon parrain n'eut que le temps de la recevoir dans ses bras. Incapable d'articuler une parole, du sein de son mari, elle m'envoyait encore sa malédiction des deux mains.

— Sortez! me dit mon parrain.

Je ne me le fis pas dire deux fois.

Pendant que je me sauvais, j'entendis des appels réitérés, puis des explosions de cris et de gémissements. La fille et la mère faisaient chorus.

Pour moi, je ne cacherai pas que j'étais très-content. Je me sentais déchargé d'un grand poids. Le soir, on me mit au chemin de fer avec mon petit bagage, et tout le long du chemin je fus gai comme un pinson. J'avais oublié tout, mes déboires de la veille, l'étude si triste, mon parrain si solennel, sa moitié si grondeuse, j'avais oublié jusqu'à Blandine.

Tout entier au plaisir de me sentir hors du péril, je bénissais le ciel qui m'avait préservé d'avoir pour épouse Wilhelmine et madame Languinier pour belle-mère.

En effet, sans mes mésaventures je n'aurais pas encouru de réprimandes, et j'aurais peut-être difficilement esquivé le coup qui me menaçait. Sans mes mésaventures, hélas! je restais digne de Wilhelmine. On peut dire que je l'ai échappé belle.

Trois mois s'étaient écoulés. Je savourais dans la maison paternelle les délices du pardon, quand un matin, je reçus par la poste une boite accompagnant un pli cacheté.

La boite renfermait une médaille à mon nom, le pli un brevet par lequel elle m'était octroyée. J'étais médaillé par la Société protectrice des animaux pour avoir arraché Phanor au perfide élément.

Je pus lire dans un journal le discours annuel relatant mon exploit dans ses moindres détails. Il y avait tels passages qui vous tiraient les larmes des yeux. Je me rappelle encore celui-ci : « Le pauvre chien épuisé allait périr lorsque, n'écoutant que son dévouement et le cri généreux de son cœur, le jeune Tiburce s'élance, etc. »

J'ai mis de côté le discours avec la médaille. Ils apprendront un jour à mes petits-fils, — si j'en ai, — à quoi tiennent les distinctions humaines.

LE MAUVAIS·BRUIT

A CHAM.

Le déjeuner avait été animé, copieux, peut-être un peu trop copieux pour un déjeuner d'été; mais on ne choisit pas tout à fait l'heure de dire adieu avec quelques amis à la vie de garçon. Un moment de torpeur venait de suivre l'ingestion du café et les premières bouffées de cigares entre-croisaient leurs volutes bleues dans la direction du plafond lorsque soudain, au milieu du silence, un des convives, en se baissant... Je définirais mal ce qui se passa en lui; je dirai mieux ce qui se passa au dehors. Ce fut une explosion brusque, inattendue, sur la nature de laquelle il était impossible de se méprendre...

Un éclat de rire général suivit immédiatement cet éclat particulier. Tous les regards convergeaient vers celui que sa rougeur dénonçait pour le coupable.

— Je ne vous savais pas si fort sur le clairon ! s'exclama le capitaine X... des chasseurs d'Afrique.

D'un geste suppliant, l'honnête criminel lui demandait grâce.

— Parbleu, se récria gaiement le capitaine, vous nous permettrez bien d'en rire ! Nos Arabes ne prendraient pas si bénignement la chose. Et pourtant ce sont de grands philosophes. Mais, sur cet article-là ils sont d'une rigueur inflexible. Chez eux, mon cher, vous vous seriez déshonoré tout à l'heure.

— Ah! bah! fit un des assistants.

— Parfaitement, reprit le capitaine, appuyant son dire par le sérieux de son attitude. Il n'y a pas de plus grande honte pour ces hommes graves, habitués à dompter leur corps, que le sacrifice public à la nature dont notre ami vient de donner le triste exemple. Vous ne connaissez pas la légende de Messaoud?

— Non, s'exclamèrent ensemble toutes les voix.

— Eh bien, pour votre édification, je vais la raconter.

Chacun s'étendit à l'aise, et, la gaieté générale étant à peu près calmée, le capitaine commença ainsi :

Messaoud-ben-Kaddour n'avait pas tout à fait vingt ans quand lui vint la résolution de se marier. Il avait remarqué depuis longtemps la belle Yamina, fille de son voisin Abd-el-Mhadi. Ce voisin était un vénérable, ainsi qu'en témoignait son surnom de hadji, spécial à ceux qui ont fait le pèlerinage de la Mecque. D'autre part, Abd-el-Mhadi était riche d'un nombre incalculable de têtes de moutons ; aussi l'humble Messaoud se sentait-il un peu troublé de solliciter la fille d'un si haut personnage.

Cependant, comme il avait toujours devant lui le doux regard de Yamina et dans l'oreille le tintement de ses bijoux d'argent, il n'y tint plus et pria un jour sa mère de révéler à la jeune fille l'état désespéré de son cœur.

La mère de Messaoud vit au cimetière, autrement dit la promenade, la fille de son voisin ; et là, tout en suçant des pastèques et en croquant

des galettes au miel, les deux femmes tombèrent
d'accord qu'il n'y avait pas dans le village un
plus aimable cavalier que Messaoud. S'il restait
à Abd-el-Mhadi quelques préventions à l'égard
de son futur gendre, la belle Yamina sut les lever. Après avoir fixé la dot que le jeune homme
serait tenu d'apporter à sa fille, le hadji réclama
pour lui-même quatre paires de pantoufles de
Fàss, deux belles selles brodées en cuir de Ta-
filet, douze pots de beurre, une négresse, de la
cannelle, des clous de girofle, et un instrument
à l'usage des *roumis* que ceux-ci appellent « tire-
bottes ». Messaoud s'empressa d'acquiescer à ces
conditions, et, quelques jours après, le cadi prenait acte du contrat.

Le lendemain de la signature, Messaoud se
rendit à la demeure de sa femme pour procéder
à son enlèvement; car, vous le savez, la fille
arabe qui grille le plus de se voir mariée ne
doit paraître suivre que contrainte et forcée
l'époux de son choix. Messaoud s'était fait pré-
céder de ses cadeaux qui, étalés sur de riches
tapis, fournissaient matière aux conversations.
Les visiteurs étaient nombreux et de tous les

présents le tire-bottes n'était pas celui qui excitait le moins de curiosité.

Cependant le jeune homme, devançant de quelques instants les amis qui devaient l'aider à
enlever sa femme, avait pénétré chez son
beau-père. Il était fort ému. Le mouvement
d'une tenture, qu'une belle curieuse souleva
sur son passage, ne contribua pas peu à accroître son trouble. Messaoud se trouva bientôt en présence des hôtes que son beau-père
avait réunis pour le recevoir. Il y avait là les
gens les plus considérables de la région : plusieurs membres de la Djemmaa ou assemblée des
notables, le cadi, deux ou trois talebs, un iman,
un marabout, tous gens plus gourmés et plus
solennels les uns que les autres.

L'émotion produit sur certaines natures une
impression aussi vive que spéciale. Elle soumet
leurs intestins à une contraction qui, ayant quelquefois pour cause les sentiments les plus élevés, a malheureusement pour effet de ramener
tout d'un coup les esprits à la plus grossière
réalité. La nature sensible de Messaoud le rendait particulièrement accessible à ce genre d'im-

pression. La fatalité voulut que, devant la docte
assemblée, au moment où il se baissait pour
effleurer de ses lèvres le bord de la robe du
marabout, ce mouvement produisit justement...
l'effet que vous savez. Un effet puissant! Messaoud tournait alors le dos au cadi, homme très-
susceptible, qui essuya ainsi son premier salut.

La foudre tombant au milieu de ces hommes
n'y eût pas produit plus de stupeur. Le cour-
roux faisait saillir hors de leurs orbites les deux
yeux du cadi. Tous les visages étaient blêmes.
A ce moment une fusillade bien nourrie éclata
au dehors. C'étaient les amis de Messaoud qui,
l'ayant rejoint, s'annonçaient en déchargeant
leurs fusils. Ah! quel secours cette fusillade
eût apporté à Messaoud un moment plus tôt...
Mais, hélas! les fusils de ses amis partaient trop
tard !

Devant l'indignation qui fronçait autour de
lui tous les sourcils, le malheureux comprit
qu'il n'avait plus aucun pardon à demander,
aucune indulgence à attendre. Éperdu, il jeta le
coin de son haïk sur son visage pour en cacher
la confusion; puis, sans un mot, il sortit de la

maison qui renfermait la plus douce part de ses espérances et s'enfuit au hasard.

Le reste du jour, il erra dans les environs, n'osant se montrer à personne, rebroussant chemin lorsqu'il apercevait quelque visage dont il pouvait avoir la honte d'être reconnu. Quand il pensait à la belle Yamina son cœur était bien gros! « Je ne la verrai plus jamais, se disait-il, oh! non, jamais! » Et il pressait le pas.

Il marcha devant lui toute la nuit, et, au matin, se trouva dans le voisinage d'une des oasis qui bordent la frontière du Sahara. Il y rencontra une caravane s'apprêtant à traverser le désert. Messaoud pensa que ce ne serait pas trop du désert à présent entre ses compatriotes et lui. Il s'engagea en qualité de chamelier dans la caravane qui prenait la direction du Soudan. Sur le vaste océan des sables sahariens, la belle Yamina eût pu, dans le lointain vaporeux, voir son malheureux époux devenir pas plus grand qu'un enfant, pas plus haut que le doigt, puis pas plus gros qu'un noyau de datte, puis disparaître complétement. A quoi tient le bonheur ici-bas!

Une année s'écoula, deux années, trois années sans que Messaoud revînt du désert. Un jour cependant, sachant qu'une caravane remontait vers le Sahara, il eut d'abord la hardiesse de s'y joindre; mais il n'osa pousser avec elle jusqu'au bout. Plus il avançait, plus son trouble augmentait à l'idée de se retrouver face à face avec ceux dont il avait si grossièrement souillé le seuil. Messaoud profita d'une occasion pour abandonner lâchement ses compagnons de route et se rejeter dans le désert.

Il y resta perdu dix ans, vingt ans, trente ans, quarante ans, expiant dans un cruel isolement son passé... tapageur. Le temps avait courbé ses épaules, sillonné ses chairs de rides profondes, blanchi sa barbe et ses cheveux.

Cependant, à mesure qu'il avançait en âge, la nostalgie le gagnait. Il voulut enfin revoir, avant de mourir, ce village où il avait couru enfant, où jeune il avait aimé. Les anciens témoins de sa honte devaient être à peu près tous morts à présent. De ses contemporains, de ceux qu'il avait connus faisant des ricochets sur l'eau et qui maintenant devaient affermir leur marche avec un bâton, combien se rappelleraient seulement son nom? D'un bruit fugitif que pouvait-il être resté après tant d'années écoulées?

— L'oubli, se disait-il, a effacé en moins de temps de bien autres souvenirs!

En arrivant à proximité de son ancien village, il eut quelque peine à se reconnaître. Les plantations de palmiers avaient pris un accroissement considérable. Des voies qui n'étaient autrefois qu'indiquées s'étaient bordées de maisons, et, au-dessus des nombreux jardins plantés de figuiers, de grenadiers et d'abricotiers, se dressait le dôme d'une mosquée.

Tandis qu'il cherchait à s'orienter dans ce village presque nouveau pour lui, une jolie fillette passa portant une cruche d'eau sur son épaule. Cette fillette lui rappelait si exactement les traits de la belle Yamina, qu'il crut voir encore, comme par un mirage, surgir tout à coup devant lui l'image de son passé. Un irrésistible mouvement le porta vers l'enfant.

— Vous me rappelez, lui dit-il, par une ressemblance singulière, la fille du défunt hadji Abd-el-Mhadi.

— Ce n'est pas étonnant, répondit l'enfant, Yamina est ma grand'mère. L'auriez-vous connue autrefois?

— Oui, dit Messaoud, je l'ai connue.

Et il disait cela en souriant, comme un philosophe qui pense bien que sa femme n'aura pas attendu quarante ans son retour pour commencer à se faire une postérité.

Il s'intéressa même tout de suite à l'enfant.

— Vous portez pour votre âge un bien lourd fardeau, lui dit-il.

— Oh! monsieur, je ne suis pas si jeune que vous le pensez, se récria la fillette. Vienne l'anniversaire du... bruit de Messaoud, j'aurai treize ans.

L'impression que ces paroles firent éprouver à Messaoud fut si vive, que ses lèvres en devinrent blanches et que ses mains tremblèrent.

— Qu'avez-vous, bon vieillard? lui dit la petite.

Il fit signe que ce n'était rien; mais ses jambes flageolaient sous lui. Elle l'aida à s'asseoir sur un banc.

— Vous êtes fatigué peut-être? Vous semblez venir de loin.

Messaoud voulut changer le cours de la conversation.

— Voilà un beau figuier, dit-il.

— C'est en effet un des plus beaux du pays. Il y avait bien dix ans déjà qu'il était planté quand Messaoud laissa échapper...

Messaoud sentait sur lui la main de l'implacable fatalité. Il fit un effort pour se dégager de son horrible étreinte.

— Je ne connaissais pas cette mosquée, dit-il à la fillette après avoir fait quelques pas avec elle.

— Elle est de fraîche date en effet, il y avait bien...

L'enfant parut compter sur ses doigts.

— Il y avait bien lorsqu'on l'a construite trente ans que Messaoud...

Le vieillard passa sur son front une main crispée.

Ainsi il n'y avait plus à en douter! En vain Messaoud avait cru que le temps pourrait effacer sa faute; le souvenir en était demeuré vivant comme au premier jour. Que dis-je! ce souvenir menaçait de devenir immortel. Il avait fait date dans le pays et fournissait à l'histoire locale une nouvelle ère! Messaoud recula d'un pas.

— Vous souffrez, bon vieillard; entrez chez nous. Notre porte est ici près.

Mais Messaoud se cachait la figure sans répondre.

— Soyez tranquille, mon père sait les lois de l'hospitalité. Il ne vous demandera ni d'où vous venez, ni où vous allez, ni qui vous êtes.

— Ni qui je suis, se répéta tout bas Messaoud.

— Tenez, le voici qui vient vers nous.

— Au fait, pensa Messaoud, puisque je n'ai pas besoin de lui dire mon nom. .

Mais les quelques paroles qu'il avait échangées avec la jeune fille avaient en un moment porté l'émotion du vieillard à son comble. On sait à quel point l'émotion lui était fatale. Messaoud sentit que, même en s'abstenant de parler, il n'en allait pas moins... comment dirai-je? il n'en allait pas moins trahir son incognito.

Le père de l'enfant vit, à son approche, l'é-
tranger reculer doucement d'abord, puis plus
vite, et enfin s'enfuir précipitamment. Depuis,
nul ne sait ce qu'il est devenu. Le coupable s'est
fait justice : il n'a jamais reparu dans la société
des hommes.

COMMENT
MADEMOISELLE PICOCHE

RESTA FILLE

SCÈNES DE LA VIE PROVINCIALE

A ADRIEN HUART.

Un jeune homme ganté, rasé de frais, en élégant costume de fantaisie, franchit un matin le seuil du débit de tabac qui fait l'angle de la place du Marché, à Potinville.

— Avez-vous des londrès bien secs? demanda-t-il à la marchande, après lui avoir civilement tiré son chapeau.

La marchande, qui se trouvait seule à son comptoir, avança, avec un peu plus d'empressement qu'elle ne le faisait pour ses clients ordinaires,

13

la boîte aux londrès, tenue d'habitude hors de
portée des mains profanes.

— Merci, dit le jeune homme.

Il prit la boîte, fit son choix, paya, et, en rece-
vant sa monnaie, dit encore :

— Je vous remercie.

— Il y a du feu derrière la porte, fit remarquer la marchande, montrant du doigt le petit
lumignon qui tremblotait dans un coin.

— Vous êtes bien aimable.

L'acheteur se hâta d'approcher du lumignon
une des allumettes de papier qui s'entre-croisaient
dans une rigole de fer-blanc. Puis, constatant
au libre jeu de la fumée que son cigare était
pris, il salua encore et sortit.

— Voilà un jeune homme fort honnête! s'écria
la marchande quand il fut dehors.

— C'est un étranger, fit observer en se retournant une vieille fille qui venait de se croiser sur le
seuil avec lui. J'ai déjà dû le voir quelque part.

Elle allait peut-être poursuivre ses réflexions,
quand la marchande lui demanda :

— Vous venez chercher vos deux sous de
tabac, mademoiselle Félicité?

— Oui...

Un quart d'heure après, mademoiselle Félicité, assise près de sa fenêtre, regardait, en aspirant une prise, dans la direction de la rue, lorsque, tout à coup :

— Tiens, le voilà !

En même temps elle poussait du bras une fillette qui cousait près d'elle :

La fillette laissa tomber son ouvrage.

— Ce jeune homme? Je m'en doutais. Il a passé déjà deux fois ce matin. C'est lui qui est arrivé par le train de deux heures quarante.

— Qu'est-ce qu'il peut bien venir faire à Potinville?

— Je ne sais pas.

— Les dames Ponceau nous le diront.

— Pourquoi n'as-tu pas demandé à madame Turpin?

— Oh! madame Turpin, au premier mot, elle a détourné la conversation.

— Vraiment? fit la petite, dont la physionomie s'éveilla...

Cinq minutes après, sous prétexte de rassortir du fil, la fillette entrait dans le magasin de mer-

cerie des dames Ponceau, qui faisait presque vis-
à-vis au rez-de-chaussée de sa tante.

— Qu'est-ce que c'est donc que ce jeune homme
qui vient de passer tout à l'heure?

— Un brun, avec de petites moustaches?

— Oui.

— En pantalon rayé?

— C'est ça même.

— Eh! mais c'est le Parisien qui est descendu
à l'hôtel de *la Cuiller d'argent*, s'écria une cha-
lande occupée à choisir du lacet.

— Comment! vous ne savez pas pourquoi il
vient ici? demanda mademoiselle Ponceau l'aînée
avec un air de stupéfaction profonde.

— Non, dit la petite.

— Il vient pour épouser mademoiselle Picoche.

— Mademoiselle Picoche, la fille du marchand
de drap?

— Précisément.

— Ce que c'est que l'argent! Si ça mérite un
mari aussi bien...!

— Le fait est, observa mademoiselle Ponceau
la cadette, qu'il est joliment mieux qu'elle.

— D'autant, reprit la petite, qu'on le dit, lui, d'une amabilité...

— Qu'en sais-tu ?

— Oh ! moi, je n'en sais rien, fit-elle en riant. Il faut s'informer près de madame Turpin, la nouvelle marchande de tabac.

— Ah ! bah !

— Ma tante est entrée tout à l'heure dans sa boutique juste comme il en sortait. Et dame, il paraît qu'elle ne tarissait pas sur son honnêteté.

— Il lui aura fait quelque compliment, remarqua sèchement mademoiselle Ponceau l'aînée. Cette petite femme-là aime trop les compliments ; elle se fera du tort avec ça.

— Que voulez-vous ! soupira mademoiselle Ponceau la cadette, quand on n'a pas l'habitude d'en entendre !...

A quelques instants de là, l'acheteuse de lacet, rencontrant la femme de l'huissier qui revenait du marché, suivie de sa bonne, échangeait au passage quelques mots avec elle :

— Tiens ! où va-t-il ? fit tout à coup son interlocutrice.

— Qui ça ?

— Le Parisien.

L'acheteuse de lacet se retourna, et, avec un sourire entendu :

— Il va peut-être chez la marchande de tabac.

— Pourquoi donc?

— Hé! hé! il paraît qu'il lui en dit de belles.

— Oh! contez-moi ça!

— Pardon, pardon, je ne suis pas de nos mauvaises langues. . . Et puis, ce n'est pas moi d'ailleurs, c'est mademoiselle Félicité qui les a entendus.

— Allons, vous en savez plus long que vous ne voulez dire.

— Mais non, mais non. . .

En déjeunant, la femme de l'huissier disait à son mari :

— Les hommes sont incroyables! Voilà un garçon qui a la chance de pouvoir briguer la main d'une des jeunes personnes les plus distinguées de Potinville, une demoiselle très-bien qui fait venir ses toilettes de Paris, qui a été élevée au Sacré-Cœur, qui réussit la « frivolité » comme un ange. Les Picoche daignent le recevoir, ne cachent pas les vues qu'ils ont sur lui... Eh bien, quelle est la première chose que fait ce déluré personnage en arrivant ici? il s'amourache d'une marchande de tabac!

— D'une marchande de tabac? fit l'huissier, la bouche béante, laissant à mi-chemin le morceau qu'il allait y introduire.

— Oui, d'une marchande de tabac!

— Laquelle donc?

— Cette petite madame Turpin, dont la boutique fait le coin de la place du Marché.

— Pas possible!

— C'est comme je te le dis. Mademoiselle Félicité est tombée ce matin juste au milieu d'un de leurs entretiens galants.

— Ah! très-drôle! s'écria l'huissier.

— Du tout, monsieur, ce n'est pas drôle, c'est inconvenant; et je m'étonne qu'un homme qui se donne pour sérieux comme vous. . .

Une demi-heure après, l'huissier, jouant au café sa demi-tasse aux dominos avec son partenaire accoutumé, l'épicier Chapuzot, lui disait:

— Elle va bien, la femme à Turpin!

— Turpin, le marchand de tabac?

— Oui.

— Ah! elle va bien? Tant mieux.

— Je veux dire qu'elle va drôlement.

— Drôlement. . . Qu'est-ce qu'elle fait donc?

— Eh! mais elle fait de l'œil aux jeunes gens.

— Tiens, tiens, tiens! Voyez-vous ça!

— Tu sais, le petit Parisien arrivé d'avant-hier?

— Le prétendu de mademoiselle Picoche?

— Oui. Eh bien, crac! ça y est. Enjôlé déjà!

— Elle l'a enjôlé! la femme à Turpin?

— La femme à Turpin. . . Comment! tu ne sais pas ça? D'où sors-tu? Mais c'est le bruit de la ville, mon cher, on ne parle pas d'autre chose.

— Voyez-vous ça! Une petite femme qui a l'air si modeste.

— Ce sont les plus rouées, mon cher.

— Alors tu ne plaisantes pas?

— Moi, plaisanter? Imagine-toi que mademoiselle Félicité, ta voisine, les a surpris ce matin, dans le magasin, causant de si près qu'elle en a été tout estomaquée.

— Ah! j'aurais voulu voir ça. La petite madame Turpin devait être bien embarrassée.

— Si elle était embarrassée! Je te crois. Elle a servi à cette bonne Félicité de la chique pour du tabac à priser. Quant au jeune homme, il était rouge comme une pivoine.

— Mais n'est-ce pas lui justement qui pousse la porte?

— Si, parbleu! dit l'huissier, dont les yeux s'étaient dirigés avidement vers l'entrée.

Et à ses voisins à voix basse:

— C'est lui! c'est lui!

— Qui ça, lui?

— Comment, est-ce que vous ne savez pas...?

Le soir même, en rentrant à leur garni par les rues solitaires où leurs éperons sonnaient à grand bruit sur le pavé, deux officiers de la garnison, le capitaine Schnapper et le sous-lieutenant Bourda-col devisaient gaiement.

— Pfff! faisait le capitaine éclatant, pauvre marchand de tabac!

— Il m'attendrit,

— Moi aussi... pfff!

— Ce que j'aime, c'est la demoiselle entendant

du bruit derrière le comptoir et n'y voyant personne.

— Pfff! Et cette idée du jeune homme d'aller coiffer la vieille d'un pot à tabac pour lui persuader qu'elle n'avait rien vu.

— Ah! ah! ah!

— Pfff! Je vais joliment amuser Beauvilain avec ça!...

Pendant que ces paroles s'échangeaient dans la rue, derrière les volets, que d'étroits filets de lumière traversaient encore, l'honnête M. Dutilleul, achevant sa toilette de nuit, nouait sur son front les deux cornes d'un madras, et madame Dutilleul, déjà couchée, non pas dans la ruelle, mais sur le devant du lit, — ce qui indique la suprématie dans le ménage, — demandait à son mari :

— Alfred, où prends-tu tes cigares?

— Chez Turpin.

— Place du Marché?

— Oui.

— Je te défends de te fournir encore là.

— En voilà une idée!

— Tu ne peux pas donner plus longtemps ta

clientèle à une femme qui s'affiche avec des jeunes gens d'une façon aussi éhontée.

— Qu'elle s'affiche ou non, je n'en sais rien,
moi. Ses cigares sont secs.

— Monsieur Dutilleul, vous fumerez, s'il le
faut du tabac mouillé; mais vous ne retournerez
pas dans cette maison. Vous entendez, je vous le
défends.

II

Le jeune homme dont la civilité avait si malheureusement provoqué le murmure approbateur
de madame Turpin s'appelait Fernand Dupré.

Ainsi que le constatait la nièce de mademoiselle Félicité, il était arrivé en effet l'avant-veille
à Potinville par le train de deux heures quarante;
comme le disait l'acheteuse de lacet, il était bien
descendu à l'hôtel de *la Cuiller d'argent*; enfin,
comme l'affirmait mademoiselle Ponceau l'aînée,
il n'avait d'autre idée, en venant à Potinville, que

d'y briguer la main de mademoiselle Picoche, l'unique héritière du principal marchand de drap de la localité.

A vrai dire, cette idée de briguer la main de mademoiselle Picoche ne serait jamais venue toute seule à Fernand. Elle lui était depuis quelque temps suggérée avec une remarquable insistance par monsieur son père, qui y voyait pour sa progéniture un refuge contre les dangereuses œillades des sirènes parisiennes, et pour lui-même la riante perspective d'un jeune ménage qui lui tiendrait société.

Retenu à la chambre les trois quarts de l'année par ses rhumatismes articulaires, et avec cela père d'un garçon qui trouvait rarement le moyen de rentrer de son ministère avant onze heures et demie du soir, il se gaudissait de penser qu'une jeune et jolie femme pourrait, sous le titre de bru, lui servir de demoiselle de compagnie et ramener Fernand à la maison pour l'heure du dîner.

En cherchant qui pourrait bien, sous couleur de faire le bonheur de son fils, faire son propre bonheur à lui-même, M. Dupré avait un beau matin jeté son dévolu sur Nathalie Picoche.

Picoche était un de ses vieux amis. Il le savait dans une excellente position de fortune et suffisamment apoplectique pour permettre à un jeune couple de fonder sur un prochain avenir les plus belles espérances. La jeune Nathalie, la dernière fois qu'il l'avait vue, atteignait cet âge de transformation où les lignes affermies permettent déjà de préjuger chez l'enfant des grâces futures de la femme. Il s'était dit :

— Va pour Nathalie !

Et il avait secrètement touché deux mots de la chose à son ancien camarade.

Celui-ci s'était dit à son tour que le fils Dupré, qu'il avait vu si timide quelques années auparavant, serait le parti le plus convenable qu'il pût rêver pour sa fille ; qu'avant peu le jeune couple se trouverait très à l'aise, par suite de l'inévitable héritage d'un bonhomme très-endommagé par ses rhumatismes. Il avait répondu : « Tope là ; envoie-moi ton fils. »

Envoyer Fernand, cela était commode à dire, mais non pas aussi commode à exécuter. Précisément dans le même temps, le jeune homme, toujours en quête, comme les phalènes, d'une flamme

où griller ses ailes, était en train de se rôtir au
feu de deux yeux brillants: ceux de mademoiselle
Loulou. Aussi fallait-il voir de quel air Fernand
recevait les insinuations matrimoniales de monsieur son père.

Mais Loulou n'était pas toujours adroite. La dé-
couverte d'une canne à pomme d'écaille, puis
d'une paire de gants 8 3/4 dans le boudoir de la
demoiselle jeta du froid dans ses relations avec
Fernand. Elle eut beau affirmer que la canne avait
été laissée chez elle par un ouvrier serrurier et que
la paire de gants 8 3/4 appartenait à sa femme
de ménage, un doute subsista dans l'esprit du
jeune homme. Le jour où, dans un des placards
de sa bien-aimée, il découvrit un lancier, le doute
n'était plus possible. Il y eut une scène terrible
suivie de rupture.

En pareil cas, il en est qui se jettent du haut
de la colonne de Juillet. Fernand, lui, se jeta tête
baissée, du haut de ses illusions perdues, dans
les idées de mariage de son papa. Ce fut pour
M. Dupré le plus doux des saisissements que d'apprendre de la bouche de Fernand qu'il était prêt
« à combler ses vœux », comme on disait en 1811.

Sachant trop par expérience combien l'occasion
veut être prise aux cheveux, il saisit celle-ci par
la nuque, et, ne pouvant, à cause de ses rhumatismes, conduire lui-même sur-le-champ son fils
aux pieds de mademoiselle Nathalie, il n'en fit
pas moins mettre à la poste, le soir même, une
lettre à l'adresse de M. Picoche, lui annonçant
l'arrivée de Fernand pour le surlendemain par le
train de deux heures quarante.

En faisant le trajet du connu à l'inconnu, de
mademoiselle Loulou à mademoiselle Nathalie, le
jeune homme ne pouvait se défendre d'une appréhension fort naturelle. Il savait la figure du vice,
qu'il se représentait sous les traits, trop séduisants,
hélas! de la trompeuse Loulou; mais sous quelle
manifestation extérieure allait lui apparaître la
vertu? autrement dit : comment était faite mademoiselle Nathalie?

Au premier coup d'œil, il ne fut pas trop mé-
content de la physionomie de la demoiselle, et se
dit avec un soupir de soulagement qu'il ne lui
serait peut-être pas aussi dur qu'il le pensait de
se faire à la société de la vertu.

Cependant, sous l'aimable fraîcheur de ses dix-

huit printemps, il trouva mademoiselle Nathalie
Picoche un peu roide, un peu compassée; mais il
pensa qu'une certaine roideur devait être l'apanage
ordinaire de la vertu.

Lorsqu'il eut engagé conversation avec elle,
il la trouva de plus un peu niaise; mais il fit
réflexion qu'on ne pouvait pas non plus demander
à la vertu d'avoir tout le piquant du vice. Vous
voyez qu'il était prêt aux plus louables efforts pour
aimer la vertu.

Fernand se rendit bientôt compte que les manières guindées de mademoiselle Nathalie tenaient
au milieu essentiellement provincial dans lequel
elle avait été élevée. Il ne surgissait pas dans la
maison de son père une question quelconque,
qu'on ne l'envisageât d'abord sous cet aspect:
« De quel œil nos voisins le verront-ils »?

S'agissait-il d'une résolution à prendre sur la
moindre des choses, sur la coupe d'une robe ou
la garniture d'un chapeau, toute la famille se réu-
nissait pour en délibérer, et, s'il semblait que la
résolution pût paraître d'aucune façon susceptible
d'attirer l'attention, mademoiselle Picoche s'exclamait aussitôt d'un air plein de terreur:

— Qu'en dirait-on dans Potinville?

Alors, le père levait les mains vers le ciel, la mère ouvrait de grands yeux en tendant les épaules, comme si elle se se fût attendue à recevoir tout Potinville sur le dos; et tous ensemble répétaient:

— Qu'en dirait-on dans Potinville?

Quand la question devenait trop difficile à résoudre à trois, on faisait appel à un quatrième, comme au whist. Réunis en conciliabule, père, mère, fille, recourant aux lumières sans égales de M. Lépinette, le conjuraient de se prononcer.

Quoique jeune encore, M. Lépinette était l'homme le mieux posé de Potinville. La nature, à vrai dire, l'avait traité en enfant gâté. Jaune de teint, bâti en criquet, obligé par une myopie complète d'asseoir perpétuellement sur son long nez les deux ailes noires d'un binocle, M. Lépinette était doué d'une de ces belles laideurs qui donnent du sérieux à la physionomie et facilitent aux jeunes gens, par l'apparence d'une maturité précoce, l'accès des cénacles les plus graves.

Au moral, c'était l'homme pointilleux par excellence, méthodique jusqu'à l'agacement, réglant sa vie sur l'aiguille de sa montre, s'observant lui-même et observant les autres avec un tel scrupule que les trois quarts de son existence se trouvaient dépensés en calculs sur ce qu'il pouvait être convenable de dire ou de ne pas dire, de faire ou de ne pas faire.

Cette étroitesse d'esprit lui avait valu à Potinville la réputation d'un homme de grand sens et d'un jugement infaillible. Aussi ne s'élevait-il pas un cas litigieux dans la localité, qu'il ne fût appelé en dernier ressort; il n'y avait pas de bonne réception non plus qu'il n'eût préalablement réglée : c'était l'oracle de Potinville, en un mot, et l'on n'y jurait que par lui.

Tout autre eût profité d'une pareille situation pour s'imposer à l'admiration générale; mais M. Lépinette manquait bien trop d'aplomb; il était de son naturel trop défiant, trop inquiet pour cela. Violette par tempérament, il se repliait avec modestie sur lui-même. Pour tout dire, M. Lépinette était poëte. Il n'y avait pas son pareil dans l'arrondissement pour tourner une cantate et manier, dans les grandes occasions, le superbe alexandrin.

L'*Ode à la Vapeur*, qu'il avait composée à

l'occasion de l'inauguration du chemin de fer de Bourg-Vétilleux à Potinville, était encore dans toutes les mémoires et les beaux esprits de l'endroit répétèrent longtemps, comme un étonnant exemple d'harmonie imitative, ce vers dans lequel l'auteur avait su rendre si habilement le mouvement des pistons :

Le feu, fait foudre, fume, et, fier, file, fend, fuit!

On ne doutait pas qu'un poëte aussi brillant ne dût être appelé à un grand avenir. Toutes les mères de famille étaient d'accord pour lui prédire les plus hautes destinées, non pas seulement dans la littérature, mais encore dans toutes les carrières où il lui plairait de se lancer.

La façon dont il avait occupé, pendant quelque temps, le poste de secrétaire de la mairie paraissait à beaucoup de gens lui tracer sa voie dans les fonctions publiques. « Il sera au moins sous-préfet! » disait un jour la femme de l'huissier, formulant ainsi une opinion qui ne lui était pas particulière.

On s'étonnait en général que le gouvernement, qui avait besoin d'hommes capables, mît aussi peu de hâte à utiliser ses talents ; quelques-uns lui en faisaient même un grief très-grave. « Comment veut-on que les affaires marchent si l'on ne fait pas appel à tous les talents? Craindrait-on en haut lieu l'éclosion de certaines supériorités? Est-ce parce qu'il est de Potinville qu'on l'exclut systématiquement? etc. » Et le gouvernement put s'apercevoir, lors des élections, du tort qu'il s'était fait, sans le soupçonner, en négligeant de réclamer le concours de M. Lépinette.

Était-ce bien la faute du gouvernement si M. Lépinette, avec tous ses moyens, restait confiné dans Potinville? Vous ne le pensez pas. La vérité est qu'au moment d'aborder une position quelconque, M. Lépinette s'adressait à lui-même tant de réflexions sur ce que Pierre ou Jacques en allait penser, qu'il en perdait courage à l'avance. En amour, il était le même, et, pouvant aspirer à la main de toutes les héritières de Potinville, il arrivait à n'en solliciter aucune.

Nul doute que le calcul, à défaut de passion, ne lui fît désirer de devenir un jour l'heureux époux de la belle mademoiselle Picoche. Il n'avait qu'à parler pour faire de ce rêve une

réalité. Pourtant M. Lépinette se taisait. C'est
qu'au moment de se prononcer, il se disait à part
lui :

— Si je demande mademoiselle Picoche, de
quel œil vont me regarder les Durantin, qui, eux
aussi, ont une fille à marier ? Et les Bourillon qui
en ont deux ? Pour une famille que je satisfais, je
m'en mets vingt-cinq à dos.

Et, victime résignée du qu'en dira-t-on, M. Lépinette gardait le silence ; mais, chaque fois
qu'il revoyait mademoiselle Picoche, en admirant
sa raideur distinguée, en la voyant si accessible
aux préjugés, si susceptible à l'opinion des autres,
il se disait :

— Voilà pourtant bien la femme qu'il me
faudrait !

Et, en rentrant chez lui, il confiait son embarras
au papier dans des vers qu'il adressait aux hiron-
delles, et où le battement des ailes de ces inté-
ressants volatiles était rendu avec un art surpre-
nant.

III

Cependant Potinville était très-ému.

L'histoire des relations du jeune étranger avec la petite madame Turpin avait, en vingt-quatre heures, fait le tour de la localité. Elle s'était augmentée en chemin de détails si nombreux, qu'ils formaient à présent tout un roman, et les détails en étaient tellement précis, qu'ils ne permettaient plus aucun doute.

La plupart se récriaient tout haut, et tout bas bénissaient le ciel d'une aventure qui, dans un endroit aussi à court d'événements que Potinville, devait fournir pendant de longs jours un aliment aux conversations.

C'était à qui épiloguerait davantage sur le fait et le broderait des incidents les plus piquants. Généralement, les hommes en profitaient pour faire ressortir devant leurs femmes les dangers d'une liaison adultère; les femmes, elles, ne pouvaient se défendre pour le séducteur d'un intérêt qu'elles se gardaient d'avouer; mais tous étaient d'accord pour infliger à la marchande de tabac un blâme sévère.

Les uns s'en prenaient à son manque de religion, les autres à son goût immodéré pour la toilette. « Une femme qui changeait aussi souvent le nœud de rubans de sa coiffure devait tôt ou tard tourner à mal. » Il n'en manquait pas qui avaient prévu la chose depuis longtemps. « Ne vous l'avais-je pas prédit? » est une phrase qui vint tout naturellement ce jour-là sur les lèvres de deux cents commères.

D'autres accusaient le mari. « C'était sa faute si sa femme se conduisait mal. Que ne la tenait-il autrement. Il y avait beaux jours qu'il aurait dû ouvrir les yeux. » D'autres allaient plus loin : « Pour ne rien voir, il fallait qu'il y mît de la bonne volonté. » — « Pourquoi le plaindrais-je? Il ne tient peut-être pas à ce qu'on le plaigne ! »

Enfin il y avait ceux qui se plaisaient à croire qu'on n'était encore que très-imparfaitement renseigné sur le fait de la veille.

— Quand on saura tout, ce sera bien autre chose !

Provisoirement, c'était à qui en saurait le plus long possible. Il se trouva des hommes courageux qui eurent la constance de s'établir en surveillance aux abords du petit magasin de tabac de la place du Marché.

L'innocente madame Turpin ne se doutait guère que, le jour, il n'entrait pas dans sa boutique un client qui n'eût été dévisagé ; que, le soir, chacun des interstices béants entre les pipes et les blagues suspendues à la montre se peuplait d'yeux épiant chacun de ses gestes et les commentant.

Les plus hardis entraient, sous prétexte de prendre du feu ou de se faire montrer les briquets du dernier modèle, mais, en réalité, pour s'assurer si le jeune étranger ne se serait pas glissé subrepticement dans l'arrière-boutique. Déçus sur ce point, ils tâchaient du moins de surprendre sur la physionomie de la jeune femme un tressaillemnt, une rougeur accusatrice. Et comme elle ne témoignait aucun embarras — et pour cause — ils pensaient : « Quelle effrontée ! »

De même que, ne voyant pas le galant attendu, ils se disaient les uns aux autres : « Cachent-ils assez bien leur jeu ! »

Fernand n'était pas davantage à l'abri de l'inquisition privée. Il descendait à peine de sa chambre, que déjà, sous le péristyle de l'hôtel de *la Cuiller d'argent*, tous les regards convergeaient sur lui. Sa tenue, son attitude étaient très-diversement commentées. Dès qu'il eut mis le pied dehors, ce fut bien pis. Il n'y avait pas un Potinvillois qui ne brûlât maintenant du désir de le connaître.

Les hommes s'accordèrent à le trouver insignifiant ; ils s'étonnaient que, lorsque Potinville renfermait tant de gars autrement tournés, ce petit étranger s'avisât de les supplanter près de la jolie marchande de tabac. Quant aux femmes, elles le trouvèrent toutes très « comme il faut »; mais elles furent unanimes à constater qu'en adressant ses hommages à madame Turpin, il avait fait preuve de bien peu de goût.

Par exemple, un point sur lequel tout le monde tomba d'accord fut la nécessité de pénétrer les suites de l'aventure. Il suffisait, pour se tenir au

courant, de ne pas perdre un des mouvements du
jeune homme. Une observation continue de ses
faits et gestes devait conduire inévitablement aux
révélations les plus piquantes.

Et voilà comment, tandis que l'infortunée madame Turpin subissait à son insu une surveillance
de tous les instants, Fernand se trouva, sans le
soupçonner davantage, le point de mire d'un
groupe de curieux résolus à ne pas le quitter
d'une semelle.

Lui cependant cheminait assez indifférent, dans
le calme que procure une conscience tranquille.
Si par moments une teinte légère d'inquiétude
passait sur son visage, c'est que, par un mirage
bien connu de ceux qui prétendent échapper à
la domination d'un souvenir féminin, il croyait
voir surgir tout à coup le trop séduisant museau
de mademoiselle Loulou.

Rendons-lui cette justice qu'avec des gestes
d'exorciste il se hâtait de repousser cette apparition démoniaque, en se servant de mademoiselle
Nathalie Picoche comme d'un goupillon protecteur.

A ces moments-là, le groupe de curieux attaché à ses pas tressaillait d'allégresse. On le voyait troublé: excellent augure! En se poussant l'un l'autre du coude, on se demandait où il allait d'un pas si mal réglé.

La vérité, c'est que Fernand allait devant lui au hasard, uniquement désireux de gagner de l'appétit pour faire honneur au déjeuner que lui offrait son futur beau-père, déjeuner où il allait se retrouver en présence de celle qui... de celle que... de son bienheureux goupillon enfin.

Et tandis, qu'il allait de n'importe où à nulle part, les curieux, de loin, continuaient de lui emboiter le pas. Leur déconvenue fut grande en voyant les marches et les contre-marches de Fernand aboutir à la porte cochère de M. Picoche; mais ils se dirent entre eux :

— C'est un habile; il dissimule.

Quant à Fernand, étonné de voir dans l'embrasure de chaque fenêtre, sous chaque porte, derrière chaque angle de muraille une paire d'yeux braqués sur lui, il pensait en riant :

— Quelle drôle de ville!

Cependant, chez M. Picoche, mademoiselle Nathalie s'était rencontrée tout à coup dans le salon avec M. Lépinette qui venait voir pour la seconde fois dans la matinée l'estimable marchand de drap.

— Mon père semble bien préoccupé? s'était hâtée de faire observer la jeune fille.

— Oui, dit l'oracle de Potinville en secouant la tête d'un air à la fois entendu et circonspect.

— Que se passe-t-il, monsieur Lépinette? Vous le savez...?

M. Lépinette témoignait d'un grand embarras.

— Vous êtes déjà venu ce matin trouver mon père.

— On m'a vu? fit vivement le jeune homme.

— Sans doute.

— Oh! je ne voudrais pas que pour rien au monde on pût supposer que c'est moi qui lui ai appris...

— Quoi donc?

— Votre question m'embarrasse.

— Il s'agit de moi?

— De vous... indirectement. La personne en cause est ce jeune homme qui vient ici pour...

— M. Fernand?

— Lui-même

— Qu'a-t-il fait?

— Ah! voilà ce qui est très-difficile à vous dire... Et puis je serais désolé qu'on pût croire que je vous ai appris...

— Dites toujours.

— Il y a sur la place du Marché un débit de tabac, — vous devez voir cela d'ici, — tenu par une personne...

— Madame Turpin? interrompit la demoiselle.

— C'est ça même... une personne de relations, comment dirai-je?... de relations un peu... faciles, si j'en crois l'aventure dans laquelle monsieur votre prétendu, — il insista d'un ton moqueur sur ce dernier mot — vient de jouer un rôle fâcheux.

— Je sais l'aventure, dit mademoiselle Nathalie, ayant pitié des efforts que faisait son interlocuteur pour continuer décemment.

— Vraiment?

— Oui, ma bonne me l'a contée ce matin.

— Ah! soupira M. Lépinette, soulagé d'un grand poids, vous pourrez donc témoigner que ce n'est pas moi qui vous ai mise au courant.

A ce moment, Fernand ouvrait la porte. M. Lépinette, très-gêné d'être surpris en conver-

sation confidentielle quand il y avait un cancan
sous roche, fit un mouvement pour se retirer.

— Restez! lui dit vivement mademoiselle Picoche, avec un air de suprême dignité.

Il sembla peu agréable à Fernand que, précisément lorsqu'il pouvait goûter avec sa fiancée les
douceurs d'un court tête-à-tête, elle s'empressât
de retenir entre eux un tiers.

— Ah! dame! se dit-il par réflexion, voilà la
vertu! Il faut que tu apprennes ce que c'est que
la vertu, mon ami!

Et, comme la conversation était à peu près
nulle, il employa les silences à se persauder qu'il
serait furieusement content le jour où il saurait
apprécier toute l'étendue de son bonheur.

M. Lépinette, lui, souriait en dedans. Tout en
jetant une banalité de temps à autre à ses inter-
locuteurs, il pensait avec satisfaction:

— Il y aura de l'orage tout à l'heure!

Car il aimait mademoiselle Picoche, je crois
l'avoir déjà dit, et, sans ses tergiversations ordinaires, il l'eût depuis longtemps demandée pour
femme; mais le danger de se la voir enlever par
un intrus venait de réveiller cette passion *subito*.

Sous ce coup de fouet, l'amoureux se redressait et tout bas, il soufflait à son rival :

— Tu n'auras pas Nathalie Picoche !

— Monsieur Lépinette, dit une bonne en entr'ouvrant la porte, monsieur vous demande.

Le jeune homme se hâta de se rendre à l'invitation de M. Picoche. Il était tranquille à présent. Il pouvait sans crainte laisser les futurs ensemble.

A peine la porte se fermait-elle sur l'aigle de Potinville, que mademoiselle Picoche, toujours superbe, fit mine de se retirer à son tour.

— Vous me fuyez? demanda Fernand en adoucissant sa voix ; est-ce que je vous fais peur?

— Non, dit-elle froidement.

Et, pour preuve, elle s'arrêta.

— Alors, faites-moi la grâce de demeurer. Nous n'avons eu que si peu d'instants encore pour échanger quelques mots seul à seul !

— Je ne supposais pas que ma présence vous importât tant que cela, dit sèchement mademoiselle Nathalie.

— Oh ! se récria Fernand.

— Je croyais qu'une autre ..

Fernand changea de figure.

— Allons, bon! se dit-il. Loulou aura fait des siennes.

Il était abasourdi. Il chercha à se remettre, et, et avec le ton du mépris :

— Vous avez reçu de Paris une lettre anonyme. On vous aura dit que j'avais eu un attachement pour une autre. Cela était signé Loulou, n'est-il pas vrai?

— Loulou? répéta mademoiselle Picoche étonnée.

— Oui, Loulou. Et pourquoi vous le cacherais-je? Quand je l'ai aimée, mademoiselle, j'avais une excuse : je ne vous connaissais pas. Si vous saviez comme je la déteste à présent!

— Loulou? Qu'est-ce que cette Loulou? se demandait la jeune fille. Comment! encore une autre!

Et tout haut :

— Je n'ai reçu aucune lettre. Je ne sais ce dont vous voulez parler.

— Ah! balbutia Fernand déconfit.

Il s'apercevait trop tard qu'il avait eu la confidence un peu prompte.

— J'ignore, monsieur, je ne demande pas à

savoir près de qui vous passiez votre temps à Paris
Je ne me soucie que de Potinville. Après la conduite que vous venez d'y tenir, vous comprendrez
que désormais...

Elle ne put achever, tant elle était suffoquée, et,
dans l'impossibilité de poursuivre, elle ne trouva
rien de mieux que de s'échapper.

Fernand ne comprenait pas, oh ! mais pas du
tout !

— Monsieur, que se passe-t-il? Comment ai-je
pu exciter les susceptibilités de mademoiselle votre
fille? Me donnerez-vous la clef de ses sous-enten-
dus? Je la trouve tout à coup indignée contre moi.

C'est à M. Picoche que Fernand adressait précipitamment ces questions.

— Écoutez donc, jeune homme, cela est tout
simple, dit gravement le marchand de drap.

— Expliquez-vous.

— Après l'aventure d'hier...

— Quelle aventure?

— Vous m'entendez bien.

— Je vous jure que non.

— Et la petite marchande de tabac!... Ah! mon
cher, vous avez le tempérament un peu vif.

Il reprit plus sévère :

— Sachez que, grâce à vous, nous sommes aujourd'hui la fable de la ville. Aussi j'en suis désolé, mais nos projets de mariage en resteront là. Je ne veux pas qu'on dise de moi : « C'est un père qui sacrifie sa fille sciemment. »

— Je ne comprends pas un traître mot ! s'écria Fernand. De quelle aventure s'agit-il ? Où prenez-vous votre marchande de tabac ?

— Je la prends place du Marché, au coin, près d'un faïencier. Vous n'allez pas me dire que vous ne connaissez pas la boutique ?

— Si, parbleu ! je la connais.

— Et les grâces de la marchande, vous les connaissez aussi ?

— Monsieur Picoche, vous voulez rire ?

— Je suis très-sérieux.

— Ah ! la bonne plaisanterie ! s'écria Fernand, rassuré cette fois. Il y a des gens qui se sont avisés... ? C'est trop bouffon ! Et vous, monsieur Picoche, vous avez pu croire... ?

L'apparente bonne foi de Fernand jetait l'excellent marchand de drap dans la plus grande perplexité. Il balbutia.

— Et mademoiselle Nathalie, reprit Fernand a été informée...?

— C'est qu'ici, voyez-vous, il faut prendre une attention extrême à ce qu'on fait. Tout se sait immédiatement.

— Même ce qui n'a pas eu lieu? Ah! çà, ce doit être très-fort, ce qu'on rapporte, pour que vous en soyez ainsi retourné.

— Mais assez fort, en effet.

M. Picoche baissa la voix pour dire à celui que, la veille il appelait son gendre, jusqu'où les choses, à sa connaissance, auraient été poussées.

— Et voilà ce qu'on a raconté à ma fiancée! s'écria Fernand, dont le front se teinta d'une pudique rougeur.

— Ah! je pense que pour elle on aura gazé!

— Mais c'est une infamie! il faut que je tire cette histoire au clair.

Fernand prit son chapeau.

— Où allez-vous?

— Chez la marchande de tabac.

— Au su de tout le monde?

— Pourquoi pas? Je n'ai rien à dissimuler. Comment l'appelez-vous?

— Madame Turpin.

— Très-bien. Ce qu'il y a de bon, c'est que je ne me rappelle seulement pas sa figure. N'importe, il faut que tout cela s'explique. Elle sera peut-être en état de m'apprendre ce qui a pu donner lieu... Je ne vous dis pas adieu, cher monsieur Picoche.

Fernand s'élança dehors. Il courut jusqu'à la place du Marché. Les yeux braqués sur la fatale boutique, il allait s'y précipiter, après avoir repris son souffle, lorsqu'un ami inconnu le tira vivement en arrière :

— Prenez garde !

— Quoi donc?

— Le mari est là !

— Quel mari?

— Si vous entrez dans le magasin, il va vous casser les reins !

IV

— Donc, la ville entière est au courant de mes succès, se disait Fernand ; ma fiancée m'écrase de ses dédains ; mon beau-père s'écrie : « Tout est

rompu! » Voilà maintenant le mari d'une dame
que je ne connais pas qui en veut à mes reins :
c'est charmant! Je voudrais pourtant bien être fixé
sur ce qui m'est arrivé, car je suis, de tout Potinville, le plus mal renseigné là-dessus.

Réflexion faite, il alla trouver M. Lépinette.

— C'est une des fortes têtes du pays, un homme
très-renseigné : il va me mettre au courant tout de
suite.

La maison qu'habitait M. Lépinette avait une
partie de ses fenêtres garnie de judas. Ces
appareils sont d'un usage très-précieux pour
espionner ceux qui passent dans la rue et surtout
ceux qui sonnent chez vous. Ils ont toutefois l'in-
convénient de répéter aux espionnés qui se trouvent
sous un certain angle les traits de celui qui les
regarde. C'est ainsi que, devant Fernand, l'image
de M. Lépinette étant venue se réfléchir dans
l'une des glaces, force fut à ce dernier de s'avouer
présent.

— Qu'est-ce qui me procure l'honneur....?

— Bien peu de chose, si je m'en tiens aux faits;
une grosse affaire, si je la mesure aux conséquen-
ces. Il court un cancan sur moi. Vous le connaissez?

M. Lépinette ne répondit pas.

— Ne dites pas non! répéta Fernand, vous le connaissez.

Il commençait à comprendre son Potinville.

M. Lépinette, poussé vivement, fit celui qui croit en effet se rappeler « quelque chose comme ça ».

— Que vous a-t-on dit?

— Que vous vous étiez laissé prendre bien vite, si je ne me trompe, aux charmes d'une de nos plus aimables Potinvilloises.

— Laquelle?

— Vous tenez...?

— Certainement.

— On citait notre petite marchande de tabac, madame Turpin.

— Et ce dire était appuyé par quelque fait sans doute.

— Assurément... Ah! mais vous allez me faire raconter des choses!

— Voilà précisément ce que je voudrais.

— C'est qu'il y a plusieurs versions.

— Ah! il y a plusieurs versions? Eh bien, contez-les-moi toutes, cela m'amusera.

— A quoi bon? Vous devez être fixé sur la vraie.

— En effet; seulement, la vraie est la seule qu'on ne raconte pas.

— Ah! bah!

— Oui. Celle-là, c'est que je ne connais madame Turpin ni d'Ève ni d'Adam; que je n'ai jamais songé à lui faire le plus petit doigt de cour et qu'elle n'a, par conséquent, jamais eu à y répondre. Maintenant, puisque vous m'assurez qu'il existe plusieurs versions, vous seriez bien aimable de me dire de qui vous les tenez.

— C'est impossible.

— Faites attention, observa Fernand, que, si vous ne me nommez personne, je pourrais être autorisé à croire que les versions plus ou moins nombreuses dont vous possédez le détail sont le fruit de votre seule imagination.

— Monsieur!

— Remarquez que je n'en crois rien; je vous indique seulement ce que pourrait conclure de votre silence un esprit malveillant.

M. Lépinette se mordait les lèvres.

— Eh bien? demanda Fernand impitoyable.

— Vous me jetez dans une position horriblement embarrassante. Si je me tais, je me mets mal avec vous; si je parle, je me fâche avec d'autres.

— Vous ne devez avoir qu'un désir : faire triompher la vérité.

— Eh! sans doute, je ne demande pas mieux que la vérité triomphe, mais je voudrais bien que ce ne fût pas à mes dépens.

Il ne put réprimer un mouvement d'humeur.

— Mais aussi c'est prendre les gens en traître que d'agir comme vous faites! Vous me sollicitez de vous apprendre ce qui se dit. Pour vous obliger, j'y consens; et, maintenant que je l'ai fait, vous arguez de mes paroles pour me compromettre.

— Ma foi! c'est un peu ça, dit son interlocuteur en riant; mais écoutez! chacun se défend comme il peut. Je ne démarre pas d'ici que vous n'ayez parlé.

— Eh bien, puisque que je n'ai que ce moyen de me disculper, je vous dirai ce que je sais, mais à une condition, c'est que vous ne répéterez à personne d'où vous le tenez. Vous me feriez des ennemis mortels. Vous ne connaissez pas Potinville!

— Je crois que si.

— C'est donc entendu? reprit M. Lépinette inquiet.

— Entendu! dit Fernand en lui donnant la main.

M. Lépinette eut un soupir de soulagement.

— Du moment qu'on ne saura pas de qui ça vient, fit-il en prenant un ton confidentiel, vous comprenez que je suis prêt à vous apprendre tout ce que vous voudrez. Le premier qui m'a parlé de vos relations avec madame Turpin, c'est Durantin, l'huissier.

— Durantin, répéta Fernand pour se graver le nom dans la mémoire.

— Je crois qu'il tenait l'aventure de sa femme.

— Quelle aventure?

— Celle du baiser.

— Ah! j'aurais embrassé madame Turpin?

— Oui, dans sa boutique.

— Première version, alors?

— Oui.

— La seconde, à présent?

— Ah! la seconde est plus vive. D'après M. Madoulard...

— Madoulard?

— Le notaire... il paraîtrait que...

Après la version Madoulard vint la version Sylvestre, puis la version Desbulois.

— Surtout, répétait M. Lépinette à chaque fois, on ne saura pas que c'est moi qui vous ai dit...

— Mais non, puisque c'est entendu.

— Vous me mettriez à dos tout Potinville.

— Soyez donc tranquille !

Après la version Desbulois :

— Ces renseignements me suffisent, dit Fernand. Si avec cela je ne fais pas éclater la vérité au grand jour...

Sur quoi, laissant M. Lépinette assez déconfit, il alla retrouver l'excellent M. Picoche.

— Qu'est-ce que vous êtes devenu? dit le marchand de drap en le voyant arriver. Nous avons dû déjeuner sans vous.

— J'ai été aux informations. Vous comprenez bien que je ne pouvais pas rester un instant sous le coup des indignes cancans que vous savez.

— Et vous revenez...

— Je reviens avec tout ce qu'il faut pour confondre les calomniateurs.

— Vous seriez capable de faire taire les méchantes langues! s'exclama M. Picoche en le contemplant avec admiration. Je ne suis pas curieux, mais je voudrais bien savoir comment vous allez vous y prendre.

— C'est bien simple : je vais continuer comme j'ai commencé.

— Qu'avez-vous donc fait?

— J'ai été trouver au hasard une des personnes de la ville. J'étais sûr qu'elle connaissait le propos. Elle s'est un peu fait prier pour dire de qui elle le tenait, mais elle a fini par se décider. J'ai obtenu ainsi trois ou quatre noms; cela suffit. Je vais trouver chacun de ceux qui m'ont été désignés, et leur demander : « Vous avez répété tel propos; d'où vous venait-il? » Comme cela, je remonte au point de départ, c'est-à-dire à néant, puisqu'il ne s'est rien passé.

— Mais si ceux-là refusent de parler?

— Alors je leur tiens le même langage que je tenais tout à l'heure à celui qui a bien voulu faciliter mes recherches : « Si vous ne pouvez me dire d'où vient ce cancan, c'est donc que vous l'avez imaginé. »

— Fichtre! c'est roide.

— C'est raide mais c'est infaillible. J'espère donc avant ce soir, avoir fait évanouir, cher M. Picoche, jusqu'à l'ombre d'une prévention sur mon compte.

— Y a-t-il indiscrétion à vous demander qui vous allez voir?

— Pas du tout. D'abord, M. Durantin, huissier je crois?

M. Picoche bondit.

— Mon ami Durantin! Ne vous avisez pas de me brouiller avec lui.

— Vous n'êtes pas en cause.

— Pardon. Durantin sait ce qui vous amène à Potinville. Il n'ignore pas que Nathalie est la cause indirecte... Non, je vous en prie, n'allez pas le trouver.

— Va pour celui-là, dit Fernand résigné; j'ai encore M. Madoulard.

— Le notaire? se récria M. Picoche avec vivacité.

— Précisément.

— Ah! surtout, mon ami, n'allez pas chez Ma-ard.

— Pourquoi donc?

— L'homme qui s'occupe de mes affaires! Je ne voudrais pour rien au monde avoir l'air de lui susciter des ennuis.

— Cependant...

— Pour rien au monde.

— Il faudra donc que je me rabatte sur M. Sylvestre?

— M. Sylvestre! Ah! celui-là je vous l'abandonnerais facilement si ce n'était pas un méchant caractère. Mais s'il en est un avec lequel je veux conserver de bonnes relations, c'est avec M. Sylvestre. Il a les moyens de me nuire énormément. Allez chercher vos preuves partout où vous voudrez, excepté chez M. Sylvestre.

— Alors, dit Fernand mélancolique, il ne me reste plus que le receveur, M. Desbulois.

— M. Desbulois! Je bénis le ciel d'être informé assez tôt pour vous retenir. Malheureux! vous ne savez pas que c'est par son influence que j'ai obtenu la fourniture de drap de l'hospice. Vous voulez m'enlever ma meilleure clientèle!

— Mais non; je voudrais seulement prouver mon innocence.

— S'il faut pour cela mettre en cause M. Desbulois, renoncez-y.

— Au fait, je veux bien n'interpeller personne,
s'écria Fernand. Si vous avez foi dans ce que je
vous dis, vous serez persuadé de mon innocence,
et vous me rendrez votre estime.

— Mais, jeune homme, vous l'avez, mon estime! Pour ma part, je ne doute pas de votre
innocence.

— Alors rien ne s'oppose à ce que j'épouse
mademoiselle Nathalie?

— Ah! cela, c'est autre chose. Après les bruits
qui ont couru dans la ville...

— Permettez-moi donc de les anéantir.

— Pourvu que ce ne soit pas en me brouillant
avec tout Potinville, j'y consens.

— Mais si vous m'interdisez le seul moyen que
j'aie de me disculper...

— Ah! votre moyen, je le réprouve.

— Alors je ne peux pas me disculper.

— Puisque vous n'en avez pas besoin vis-à-vis
de moi.

— Oui, mais puisque j'en ai besoin pour obtenir la main de mademoiselle votre fille...

Si Fernand ne s'était pas décidé à prendre le chemin de la porte, il eût pu rester jusqu'au soir à tourner avec son ex-beau-père dans le même cercle vicieux.

Il fut sur le point d'envoyer l'honnête marchand de drap à tous les diables; mais il sut se contenir, et simplement:

— Je partirai tantôt par le premier train.

Puis il salua, et, quand il fut de l'autre côté de la porte, il ne put s'empêcher de penser encore:

— Drôle de ville!

V

— Ces Parisiens ne comprennent rien à nos petites exigences de la vie de province, se disait d'un autre côté M. Picoche.

Il prit son parti bravement.

— Bah! pour un gendre de perdu, deux de retrouvés. Ce matin, M. Lépinette m'a tourné certaine phrase embarrassée d'un air qui semblerait indiquer... Ah! voilà un gendre, M. Lépinette!

Ce n'est pas lui qui risquerait jamais de se compromettre.

Pendant ce temps-là, M. Lépinette était fort inquiet. Il avait bien lieu de l'être. Dans les visites qu'il prétendait faire à ceux qui avaient colporté sa prétendue aventure, Fernand n'allait-il pas laisser échapper par mégarde le nom du dénonciateur ? Autre motif d'inquiétude : si son rival venait à se disculper vis-à-vis de mademoiselle Nathalie, c'en était fait de ses espérances à lui.

Jamais il ne regretta davantage le manque d'énergie, malheureusement natif, qui l'avait fait céder aux injonctions du Parisien. Mais lorsque ayant rencontré M. Picoche, — par hasard, — il sut de lui que Fernand n'avait pas donné suite à ses projets, et que la rupture était complète, une joie qu'il eut de la peine à dissimuler se fit jour sur son visage.

Le soir même, ayant passé un gilet blanc sous son habit et s'étant ganté de gris-perle, il se présentait au domicile de M. Picoche, chez lequel il y avait réception.

L'assemblée était nombreuse. Toutes les fortes têtes de Potinville se trouvaient là, y compris l'ami

Durantin, M. Madoulard, M. Desbulois et même le désagréable M. Sylvestre, qu'on ne manquait jamais d'inviter avec des cérémonies spéciales, de peur qu'il ne se formalisât.

M. Lépinette fut étonné de se trouver face à face avec Fernand, que, sur la foi de M. Picoche, il croyait déjà parti. Mais le marchand de drap, qui avait spécifié, en lançant ses invitations l'avant-veille, qu'il voulait présenter à ses compatriotes le fils d'un vieil ami, s'était dit qu'on commenterait sans doute plus encore l'absence du jeune étranger que sa présence. Il avait donc fait tout son possible pour engager Fernand à ne partir que le lendemain, afin qu'on le vit honorer au moins de sa présence la petite fête donnée à son intention. Il se réservait de montrer, par son attitude, ainsi que par quelques mots habilement jetés dans la conversation, que le jeune homme avait été pris à tort pour un prétendu.

En voyant le Parisien qui se carrait au milieu des invités dans le salon de son hôte, M. Lépinette fut désagrablement surpris. Il avait rimé, avant de venir, un sixain qu'il comptait glisser à mademoiselle Nathalie, et dans lequel, par une comparaison assez neuve, il assimilait l'amour naissant à la fleur qui s'entr'ouvre sous la rosée du matin. M. Lépinette était gêné de sentir ce sixain dans sa poche. L'air délibéré de Fernand ne fit qu'accroître son embarras.

Ce qui donnait à Fernand tant d'aplomb, on le devine, c'était la douce assurance qu'il n'avait plus besoin de se mettre en frais pour mademoiselle Picoche.

Il s'était bien indigné, sur le premier moment, des sots propos qui venaient anéantir son mariage dans l'œuf; il n'avait pas songé sans terreur surtout aux exclamations désespérées de papa Dupré, qui calculait déjà, du fond de son fauteuil, par quel express sa bru lui arriverait. Puis, somme toute, il s'était fait assez vite à sa nouvelle condition de voyageur sans arrière-pensée.

En contemplant tous ces Potinvillois, à qui la crainte du « qu'en dira-t-on? » semblait le commencement de la sagesse, il ne pouvait que se féliciter du sort qui le séparait d'eux; en regardant mademoiselle Picoche avec attention, il se disait encore que Loulou, avait à coup sûr l'œil moins vertueux, mais qu'elle l'avait plus expressif.

Peu à peu, ces idées consolantes, accentuées par l'adjonction d'un excellent pomard, avaient eu le don de chasser son premier souci. Il était gai maintenant, je dirai même un peu en train, se laissant aller à débiter à mi-voix maintes sottises que ses voisins recueillaient en admirant l'esprit endiablé de ces mâtins de Parisiens.

Et les mêmes Potinvillois qui se seraient récriés si M. Picoche leur eût présenté Fernand comme son gendre, se disaient entre eux:

— Quel garçon charmant! Il est étonnant que Picoche ne songe pas, comme on le disait, à lui donner sa fille.

Cependant Fernand n'était pas sans se rappeler les cancans ineptes dont il avait été victime, et, promenant ses regards de la raide mademoiselle Picoche au cercle de bavards qui l'entourait:

— Si je voulais prendre ma revanche, comme cela me serait facile! Heureux pays pour la vengeance, où, d'un mot qui sera sûrement répété, on peut se donner la satisfaction de ridiculiser ceux qui vous ont été cruels!

Quant à M. Lépinette, préoccupé du sixain qu'il avait dans sa poche, il se rapprochait par instants de mademoiselle Nathalie pour échanger un mot avec elle. Il était très-perplexe sur ce qu'il devait faire de son billet, ce pauvre M. Lépinette. S'il était vu le lui glissant, qu'en dirait-on? S'il réussissait à le lui remettre, qu'en dirait-elle?

Un des assistants qui suivait curieusement des yeux ce manége, — c'était peut-être M. Sylvestre, à moins que ce ne fût M. Desbulois, — se pencha vers Fernand, et, tout en observant l'effet de ses paroles sur le jeune homme:

— On dirait que mademoiselle Nathalie écoute volontiers M. Lépinette. Est-ce que, par hasard, elle en tiendrait pour lui?

Fernand, qui avait à la main son cinquième verre de punch, le vida d'un trait.

— Fichtre! murmura-t-il avec un peu trop de franchise, si elle doit en tenir pour quelqu'un, j'aime autant que ce soit pour lui que pour moi!

— Pourquoi donc?

Fernand fut sur le point de jeter une méchanceté à l'oreille de son voisin. S'il avait voulu se venger, la belle occasion pourtant!... Mais l'idée de Loulou qu'il allait revoir rendit le jeune homme indulgent.

— Pourquoi donc? s'était récrié le voisin.

Fernand ne répondit pas.

Son interlocuteur, qui avait avancé l'oreille avec empressement, comme quelqu'un qui s'attend à ce qu'on y va verser une confidence piquante, ne voulut pas en être pour ses frais de pose devant la galerie, et, d'un air entendu, il laissa s'épanouir quand même le malicieux sourire qu'il avait préparé.

— Qu'est-ce qu'il dit? demanda le voisin du voisin qui avait surpris une bribe de sa conversation.

— Oh! excellent! fit l'autre, qui tint à ne pas paraître avoir exécuté sa pantomime pour rien, comme un niais.

— Tu nous diras ça, hein?

— Oui, tout à l'heure.

Un moment après, en effet, il chuchotait à l'oreille du curieux qui venait de le tirer dans un coin quelque chose de si drôle, si drôle, que son auditeur était obligé de se mettre la main sur la bouche pour comprimer l'élan de sa gaieté.

Le second curieux auquel celui-ci eut hâte de répéter la chose, dès qu'il eut à grand'peine reconquis son sang-froid, fut pris d'un tel accès de

rire à son tour, que force lui fut, pour le dissimuler, de s'enfuir dans la pièce à côté. Et ladite
pièce ne tarda pas à retentir des éclats plus ou
moins mal étouffés de ceux qui avaient suivi.

Cette petite scène ne pouvait échapper à l'œil
vigilant de M. Lépinette. Il vit les rires échangés,
les regards de compassion dirigés vers mademoiselle Nathalie, et sa moelle s'en figea. Le sixain
qui allait définitivement sortir de sa poche y rentra aussitôt. Il s'écarta de la jeune fille, et, posté
en observation, de manière à saisir quelques-
unes des paroles échangées, il se demandait :

— En quoi mademoiselle Picoche peut-elle donc
offrir matière à plaisanteries?

Il ne le trouvait pas, à vrai dire, mais son inquiétude ne faisait que s'en augmenter.

Le marchand de drap vint précisément le relancer dans l'observatoire qu'il avait choisi.

— Comment! vous vous cachez dans les coins,
mon cher? mais votre place est auprès de ces dames.

M. Picoche rit d'un gros rire, et, saisissant
adroitement l'occasion de tâter le jeune homme
sur ses intentions, il ajouta en se penchant vers
lui d'un air très-fin :

— Que me disiez-vous donc ce matin au sujet de Nathalie?

L'oracle de Potinville resta froid comme un marbre. M. Picoche pensa qu'il avait fait un impair en invitant trop tôt le jeune homme à se prononcer; mais le fait est que ni ce soir-là, ni le lendemain, ni le surlendemain, ni la semaine d'après, ni le mois suivant, ni jamais plus M. Lépinette ne réitéra près de M. Picoche l'insinuation qu'il lui avait faite de l'adopter pour gendre.

Et jamais plus pour mademoiselle Picoche, il ne fut question d'aucun prétendu ni gros, ni maigre, ni long, ni court, ni joli, ni laid, ni spirituel, ni sot, car, à chaque fois qu'un homme, jeune ou mûr, de Potinville ou d'ailleurs, manifestait l'intention de briguer la main de la belle mademoiselle Picoche, aussitôt deux ou trois Potinvillois, des bien informés, le tiraient à l'écart pour lui glisser à l'oreille, comme venant de Fernand, cette chose si drôle qui avait eu tant de succès le premier soir dans le salon de M. Picoche; et aussitôt narrateur aussi bien qu'auditeur s'esclaffaient de rire ensemble.

Et la gaieté devenait tellement violente qu'elle renversait les uns en arrière, qu'elle pliait les autres en avant. Pour faire résistance aux convulsions qui secouaient les abdomens, on s'arc-boutait alors au voisin, on se tenait la ceinture, on se comprimait les côtes; mais il n'y avait pas à dire, il fallait que l'accès eût son développement normal; ce qui ne laissait pas d'être inquiétant, car plusieurs en faillirent étouffer.

Quelle était donc cette révélation si bouffonne? Voilà ce que j'aurais bien voulu savoir; mais mon ami Fernand l'a toujours ignoré, et comment l'aurais-je su, puisqu'il ne le savait pas lui-même?

Car ce qui est à noter ici, ce qui peint mieux Potinville que ne le pourraient faire de longs aperçus moraux et physiologiques, c'est que ce fut pour une phrase qui n'avait pas été dite que la plus riche héritière de Potinville, mademoiselle Picoche, resta fille.

LA DESTINÉE

A JULES MOINAUX.

Yvonne avait seize ans quand sa mère la prit à part et lui dit :

— J'ai quelque chose de très-important à t'apprendre. M. Pardinel, l'ancien percepteur, est venu ce matin trouver ton père en grande cérémonie, avec une cravate blanche, des gants brodés, un chapeau de soie, enfin tout son tralala, et il lui a demandé... Tu ne devines pas ?

— Non.

— Il lui a demandé ta main... Tu ne dis rien ?

— Qu'est-ce que papa a répondu ?

— Qu'il verrait cette union avec le plus grand plaisir. M. Pardinel est un homme rangé, hono-

rable ; il voit à Nantes tout ce qu'il y a de mieux
et il possède une petite fortune personnelle...

— Il est bien laid ! murmura Yvonne.

— Un homme n'a que faire d'être beau.

— Et bien vieux ! soupira l'enfant.

— Il n'en a que plus d'expérience, ma chère
petite. Jeune comme tu l'es, il te faut un guide.
La maturité de ton mari compensera très à propos
la frivolité naturelle à ton âge.

Yvonne ne paraissait pas absolument persuadée ;
mais sa mère n'y prit garde, et, la pressant entre
ses bras :

— Enfin, ma mignonne, s'écria-t-elle tout attendrie, te voilà donc casée !

Le mariage eut lieu six semaines après. Ni à la
mairie, ni à l'église, ni au repas de noces, ni même
au bal qui suivit, la jeune épouse ne montrait
beaucoup d'entrain.

Pendant un quadrille, elle avisa, dans l'encoignure d'une croisée, un de ses amis d'enfance,
Claude, le fils d'un ancien voisin de son père.

—Vous ne dansez pas, monsieur Claude? lui dit-
elle.

Claude était fort pâle. Il répondit :

— Je suis trop triste pour cela.

Yvonne, qui avait elle-même le cœur bien gros, lui demanda :

— Qu'avez-vous?

— Hélas! soupira Claude, j'ai que je vous aime.

— Oh! fit la petite mariée en changeant de visage, pourquoi ne l'avez-vous pas dit plus tôt!

Deux grosses larmes perlaient dans ses yeux.

— Quand je vous ai annoncé mon mariage, vous êtes resté muet, dit-elle d'une voix émue.

— Parce que j'ai compris que je n'avais plus rien à espérer !

— Et moi qui cherchais alors à pénétrer vos sentiments !

— Vous m'aimiez donc?

Pour toute réponse, Yvonne porta la main sur ses yeux, et bientôt le bruit de ses sanglots jeta le désordre dans l'assemblée. Tous les danseurs se précipitèrent en même temps vers elle, laissant le pianiste ahuri en suspens sur une note.

— C'est l'émotion, ça s'explique! disait la mère en soutenant sa fille.

— Qu'avez-vous, mon amie? demandait le marié.

— Rien, répondait Yvonne.

Et elle serrait étroitement la main qui venait de se tendre vers elle, celle de Claude. C'était peut-être la main de son mari qu'elle croyait tenir.

A trois ans de là, Yvonne, en sortant de chez elle, se trouva devant un jeune officier de marine qu'elle avait déjà cru voir, la veille au soir, rôder autour de la maison.

— Claude! s'écria-t-elle fort émue.

— Oui, Claude, Yvonne, Claude qui n'a pu résister au désir de vous revoir. Votre mariage m'avait désespéré. J'hésitais alors sur la carrière que j'embrasserais. Pour fuir loin d'un pays où je ne pouvais plus connaître le bonheur, je me suis embarqué comme aspirant. Vous avez su cela sans doute?

— Oui, dit-elle.

— Je reviens de l'Océanie. J'ai parcouru bien des mers, abordé bien des côtes; j'ai vu des contrées de toute sorte et des gens de toutes les couleurs, rien ne m'a pu faire oublier votre sourire, votre grâce.

— Taisez-vous! fit-elle inquiète en se tournant

vers la porte, taisez-vous! si mon mari vous entendait!

— Je ne croyais pas, dit Claude avec un amer sourire, que votre mari eût l'ouïe aussi fine.

— Il est vrai, dit Yvonne, que M. Pardinel avait l'oreille un peu dure, mais il n'en est pas de même de celui que...

La parole expirait sur ses lèvres.

— Que voulez-vous dire? fit Claude qui avait peur de comprendre. M. Pardinel...

— Il n'est plus! dit Yvonne en baissant la tête.

— Et un autre!...

— Mon ami, mes parents venaient de mourir. J'étais seule, encore bien jeune. Je me sentais exposée aux difficultés de la vie, livrée sans défense à toutes les attaques. Il me fallait un protecteur. Le commandant me fut présenté...

— C'est un commandant!

— Oh! mon ami, si j'avais su alors où vous écrire! mais vous étiez parti sans rien dire, sans que je pusse seulement soupçonner si vous reviendriez jamais...

— Vous avez raison, dit Claude, c'est ma faute.

Et il s'en alla plus triste encore qu'il n'était venu.

L'aspirant était devenu enseigne quand les deux jeunes gens se retrouvèrent par hasard l'un en face de l'autre. C'était à Toulon, dans une de ces jolies voies que les platanes protégent de leur ombre et qu'égaie le murmure des eaux courantes.

— Vous ici ! s'écria-t-il.

Elle secoua la tête et leurs regards, longuement arrêtés, évoquaient mutuellement tout un monde d'impressions et de souvenirs.

— Le commandant est avec vous ? demanda Claude.

Yvonne, avec un certain embarras, fit signe que non.

— Il est resté à Nantes ?

Le silence d'Yvonne semblait affirmatif.

— Pour longtemps ?

Yvonne leva les yeux vers le ciel.

— Pour toujours, dit-elle.

— Dieu ! s'écria Claude n'osant croire à tant de bonheur, vous êtes veuve !

— Hélas ! non, soupira Yvonne. Le commandant laissait beaucoup de dettes. J'avais un fils à élever. Claude, j'ai dû sacrifier mon amour à mes devoirs de mère. Un banquier, M. Rigaud, me faisait depuis quelque temps la cour... Oh! ce n'est pas par goût, Claude, croyez-le bien, que j'ai laissé tomber ma main dans la sienne! Sans la nécessité...

— Je l'aurais conjurée! dit Claude. J'ai depuis six mois, hérité d'un de mes oncles de trente mille livres de rente.

— Si je l'avais su! dit Yvonne.

— Il est vrai, pensa Claude, que j'aurais pu le lui faire savoir. C'est encore ma faute. Mais pouvais-je soupçonner qu'un homme bâti comme le commandant!...

Yvonne lui tendait sa jolie petite main.

— Nous nous reverrons, n'est-ce pas, demanda-t-elle sur le ton de la prière.

— Oh! oui, dit Claude en serrant avec force la jolie petite main.

Mais il comptait sans un ordre d'embarquement qu'il trouva en rentrant chez lui. Vingt-neuf mois s'étaient écoulés quand le lieutenant Claude, fier de ses nouveaux galons, put remettre le pied sur le quai de Toulon. Son premier mouvement fut de courir à l'adresse que lui avait laissée Yvonne.

Elle joignit les mains en le voyant paraître.

— Vivant ! s'écria-t-elle, vous êtes vivant !

— Parbleu, oui, fit-il gaiement, très-vivant, quoique je veuille bien accorder aux Chinois que ce n'est pas leur faute si je le suis encore. Oui, je reviens tel que j'étais, Yvonne. Je me trompe. Il y a une différence. Je crois que je vous aime un peu plus.

— Ce langage…, dit Yvonne effrayée.

— Je sais que je peux le tenir à présent.

Il tira de sa poche une lettre de faire part.

— Ce billet que je viens de trouver en rentrant m'a fait connaître votre nouvelle situation. Depuis seize mois, chère Yvonne, vous êtes libre.

— Ah ! Claude, cessez de me retourner le poignard dans la plaie ! Libre, hélas ! il y a trois semaines que je ne le suis plus.

Elle, à son tour, prit dans un tiroir un journal.

— Voyez ce journal, dit-elle. Vous y étiez porté comme mort.

— Et alors… ? dit Claude défaillant.

— Alors j'étais en contestation avec un parent

de mon mari, un savonnier, sur la question d'héritage. Cela était grave pour l'avenir de mes enfants...

— Vos enfants !

— Oui, j'en ai deux maintenant. On me fit entendre que le meilleur moyen d'arriver à un arrangement, c'était... J'ai cédé.

— Adieu ! fit Claude désespéré.

— Ah ! vous ne saurez jamais, dit Yvonne chancelante, ce que je souffre !

Pour s'étourdir, Claude sollicita aussitôt un nouvel ordre d'embarquement. Il reprit la mer et la sillonna dans tous les sens. Il était un jour à Terre-Neuve, un autre jour au Cap, un autre jour au Japon. Les naturels de Bornéo, ceux des Antilles et de Madagascar purent le voir successivement promener parmi eux son incurable mélancolie.

Un jour, au Sénégal, dans une expédition dont il avait été chargée dans une région peu sûre, Claude et ses compagnons virent tout à coup venir à eux avec de grands cris et dans le plus primitif des costumes une malheureuse femme qui paraissait implorer leur secours. Avant qu'elle atteignit

16.

leur petite troupe un naturel, qui la poursuivait l'avait rejointe et, en vociférant toute sorte de malédictions, l'étendait à terre d'un coup de casse-tête.

Lorsque Claude arriva près de cette femme, elle était sur le point d'expirer. Tandis que ses compagnons poursuivaient l'assassin, il essaya de la faire revenir à elle. Il lava avec un peu d'eau le sang qui lui inondait le visage. En voyant apparaître les traits de cette femme, en rencontrant ses yeux, Claude resta stupéfait.

— Yvonne! s'écria-t-il.

— Claude! murmura la femme.

— Ah! je vous sauverai! s'écria le jeune homme.

— Non, dit Yvonne tristement, je sens que c'est la fin.

— Mais comment vous trouvé-je ici et dans cet état? quel est cet homme qui vous a frappée?

— Hélas! dit Yvonne, c'est une histoire bien simple. Je m'étais embarquée avec mon mari, le savonnier, vous savez, pour l'île de France, où il possédait quelque bien. Le bâtiment qui nous portait a fait naufrage dans les environs du Cap-Vert. Des sauvages m'ont trouvée sur la plage presque morte de froid et de faim. Ils m'ont emmenée et deux d'entre eux m'ont prise pour femme à leur tour. Celui qui m'a frappée tout à l'heure, parce que j'avais songé à recouvrer ma liberté en vous voyant paraître, est mon dernier maître. Voilà mon histoire. Quand je vous disais qu'elle était bien simple. Tout cela, voyez-vous, Claude, c'est la destinée. Maintenant je m'en vais, je le sens. Pendant qu'il me reste encore un souffle, penchez-vous vers moi, mon ami, et posez vos lèvres sur les miennes. Ce sera notre premier et aussi notre dernier baiser.

Il fit comme elle disait ; et tandis qu'il lui soulevait la tête, elle murmura encore :

— J'ai pu appartenir à beaucoup d'autres, mon bon Claude, mais je n'ai jamais aimé que vous.

Et ce qu'elle disait était vrai.

LE FOU DU DOCTEUR

A GUSTAVE GUILLAUMET.

I

En ce temps-là, vivait à Burgos un savant docteur qu'on nommait Berganza. Il n'y avait pas d'homme plus simple et plus modeste, malgré l'éclat que ses travaux avaient jeté sur son nom. Aux yeux de ses voisins, il passait pour un original, parce qu'il soignait les gens plus souvent par goût que par intérêt. Le fait est que son art seul l'occupait. Toute la passion de son âme, il l'avait donnée à l'étude. C'était un amoureux à sa façon, un grand épris de l'inconnu. Il souriait aux problèmes, il les caressait, comme d'autres sourient à leurs maîtresses ou les caressent.

On prenait plaisir à le voir trottiner sur ses petites jambes, le nez au vent, les mains derrière le dos, ses longs cheveux éplorés voltigeant sous son chapeau à grandes ailes. Il était toujours affairé, souvent distrait, bougon volontiers. Mais pour écarquiller ses sourcils froncés, pour entr'ouvrir béatement ses grosses lippes que la moue renfrognait, il suffisait de l'entretenir d'une « belle maladie ». Rien ne lui coûtait dès que l'intérêt de la science lui paraissait en jeu. Ni la distance, ni la fatigue, ni la poussière, ni le soleil, ni la grêle, ni le froid, ni le vent, ni la pluie ne l'eussent empêché d'arriver jusqu'au chevet d'un malade qu'il tenait à voir; et il y a telles agonies dont il n'eût jamais cru payer le spectacle assez cher. Une néphrite albumineuse avait emporté sa femme. Si dans cette circonstance douloureuse les regrets du docteur avaient été mitigés par une consolation, c'est que la néphrite qui lui enlevait sa compagne était une des plus intéressantes qu'il pût lui être donné d'étudier de près. Ainsi le sage met en pratique l'axiome : « A quelque chose malheur est bon! »

Celui qui sacrifie tout à son art prend rarement le chemin de la fortune; il n'est donc pas étonnant

que le brave docteur, après avoir exercé trente-
quatre ans, ne fût guère plus riche que le jour où
il avait reçu son premier diplôme. Mais le docteur
Berganza ne se souciait heureusement pas plus de
titres financiers que de titres honorifiques. Peu
s'en fallut qu'il ne considérât comme malveillante
l'offre qui lui avait été faite, sur l'initiative de
quelques confrères, d'accepter le poste de médecin
ordinaire du roi.

La répulsion du docteur pour les situations officielles se doublait d'un profond dédain pour les
hommes en qui s'incarnait alors le pouvoir. Son
sens droit, son esprit libéral ne pouvaient s'accom-
moder de leur politique étroite et rétrograde, de
leur système d'étouffement et de compression à ou-
trance. Il ne voyait pas sans tristesse son pauvre
pays malmené, ignorant, appauvri, dépensant toutes ses forces vives au profit d'une cour à la fois
somptueuse et mesquine, dévote et frivole. Cette
cour, qu'il considérait comme l'antre du fonctionna-
risme et de la courtisanerie, lui donnait la nausée;
aussi la seule crainte des'y voir présenter par surprise
l'avait-elle fait renoncer à un voyage à Madrid dont
il se promettait d'autre part le plus grand plaisir.

La mort toute récente du roi n'avait modifié
en rien le train des affaires publiques. Le jeune
héritier du trône, soumis dès l'âge le plus tendre
à la direction des prêtres, tombé de leurs mains
entre celles des anciens conseillers de son père,
avait été élevé dans les plus pures traditions du
gouvernement de droit divin. Ses maîtres s'étaient
attachés à briser en lui toute velléité d'indépen-
dance ou de réflexion pour en faire le docile instrument de leurs volontés. Sans idées personnelles,
indolent, ennuyé, le jeune roi mettait en bâillant
son parafe là où on lui disait de signer. Il demandait seulement quelquefois : « Est-ce ainsi l'habitude ? » A quoi l'on répondait : « Oui. » Et cela
lui suffisait, car il avait appris que, pour gouverner
sagement, on doit moins s'inquiéter de répondre
aux aspirations de son peuple que de suivre les
saines traditions du passé.

Heureux d'échapper aux fonctions officielles
dont il avait été menacé, et peut-être afin de se
mettre en garde contre tout retour offensif de
même nature, le docteur Berganza avait fondé aux
portes de Burgos une maison de santé. Là il était
dans son élément. Laissant à un associé la direc-

tion matérielle de l'établissement pour n'en connaître que le côté technique, le bon docteur pouvait à l'aise ausculter, palper, sonder, panser
analyser, droguer, suivre pas à pas, sur un patient,
les progrès de la médication ou les jeux de la
maladie.

Un soir, on lui amena un jeune homme qui
venait d'être blessé dans une rixe. C'était un garçon
d'une vingtaine d'années. Bien qu'il portât un
grossier costume d'*arriero*, la finesse de ses traits
et la blancheur de ses mains semblaient dénoncer
qu'il n'appartenait au moins que depuis fort peu
de temps à l'honorable corporation des muletiers.

Ce pauvre garçon avait reçu un coup terrible
à la tête. Le docteur, après l'avoir pansé, demanda
des renseignements à ceux qui l'apportaient; ils
lui répondirent qu'ils n'en avaient aucun. Le
blessé était évanoui. On supposa que lorsqu'il
reviendrait à lui, il serait en état de se faire reconnaître; mais il ne reprit le souffle que pour déraisonner.

Il parlait à tort et à travers de deux yeux noirs,
de l'impôt sur les patentes, du *risotto* à la mila-
naise, du roi de Maroc, des bohémiens qui campent

à la belle étoile, du révérend père Antonio qui devait être furieux, ainsi que d'une montre que l'horloger devait réparer. Mais le mot qui revenait le plus souvent sur ses lèvres était un nom de femme : Conchita.

— Qui est cette Conchita? demanda le docteur. Il faudrait le savoir.

Or, le blessé continuant de divaguer, et mêlant plus que jamais le souvenir de Conchita aux idées les plus hétéroclites, le docteur intrigué s'en fut lui-même chez l'alcade. Il y arriva tout juste comme en sortait une fille que son teint hâlé, ses cheveux noirs et crépus, eussent assez dénoncée, à défaut de son costume aux tons vifs, pour une gitana.

Elle tenait en pleurant son mouchoir sur ses yeux.

— Ne seriez-vous point Conchita? lui demanda le docteur.

— Si, *señor.*

Elle leva sur l'étranger ses yeux vifs, dont l'éclat se noyait dans les larmes.

— D'où vient le malheureux que j'ai reçu tout en sang?

— Oh! le pauvre, pauvre garçon! fit la petite bohémienne Il n'est pas mort, au moins?

— Ma foi, répartit le docteur, s'il n'est pas
mort, il n'en vaut guère mieux. Mais, dites-moi,
qui est-il?

— Je ne sais pas.

— Comment! Vous ne savez pas?

Il l'engagea à se remettre. La bohémienne
s'essuya les yeux, et les mots se pressant tout à
coup dans sa petite bouche, qui ressemblait à
une fleur de pourpre, Conchita raconta :

— J'ignore depuis combien de temps il me suit.
C'est à Madrid que je l'ai remarqué pour la première fois. Je ne pouvais guère danser le soir sur
la place de la Cebada, sans voir apparaître son
visage pâle à la lueur des chandelles. Il ne me disait jamais rien et se tenait dans un coin, derrière
les autres qui faisaient cercle; mais, tant que mes
compagnes et moi nous dansions, ses yeux ne me
quittaient pas. J'étais sûre, si je l'avais aperçu, de
trouver des *pesetas* parmi les *cuartos* que je ra-
massais. Nous n'étions à Madrid que de passage.
Mes frères et mon fiancé, qui font le commerce
des chevaux, ne restent jamais longtemps en place.
A notre première étape, je fus bien étonnée de
revoir le jeune homme de Madrid passer devant la

tente que nous venions de dresser. Il avait toujours le même air mystérieux et inquiet. Son costume était modifié, car je ne me souvenais pas de lui avoir jamais vu le large feutre noir, dont il masquait son visage. Pendant plusieurs jours, je le retrouvai ainsi à tous les endroits où nous faisions halte. Cela me causait grand'peur, parce qu'il devait être remarqué soit de Peppino, mon fiancé, soit de Juana, sa sœur. A Valladolid, il s'approcha de moi comme je venais de danser et me demanda : « Sais-tu dire la bonne aventure ? » Je posai mon tambour de basque et lui pris la main. Oh ! comme elle tremblait ! « M'interrogez-vous, lui demandai-je, pour que je vous dise la vérité ou pour que je vous trompe ? — Dites-moi la vérité, Conchita. — Eh bien ! celle que vous poursuivez ne saurait être à vous, car elle est la fiancée d'un autre. Je vois du sang, si vous persistiez à ne pas la quitter. — Et moi, me répondit-il, je vois du sang, Conchita, si vous ne me laissez pas vous aimer ! » Tandis qu'il parlait, sa contenance me disait assez combien son amour était vrai. Je vis Juana tout près de moi. « Prenez garde, dis-je au jeune homme, on nous observe... » Je ne le revis plus qu'à Burgos.

Sans se montrer, l'imprudent avait continué de nous suivre. Il profita d'un moment où j'étais seule pour me lancer un billet sur lequel était écrit :

« J'ai tâché de te fuir, Conchita, mais je n'ai pas pu. Je reviens à toi, plus fou, plus désespéré que jamais. Aie pitié de moi ! Ce soir, à neuf heures, je t'attendrai au bout de la rue de la Cruz. Viens m'y joindre. Si tu consens à me suivre, tu pourras te flatter d'être aimée plus que nulle femme ne le fut jamais. »

— Dans cette lettre, reprit Conchita, il y avait une bague tellement brillante, que je ne crois pas en avoir vu de ma vie de si riche. Hélas ! l'alcade vient de me la prendre. Quant au billet, c'est Peppino qui l'a pris. Vous devinez, senor, que ce fut lui qui alla au rendez-vous. Je fis de vains efforts pour l'en empêcher. Quand je le vis passer sa *navaja* dans sa ceinture, je compris que le pauvre garçon était perdu. Je voulus suivre Peppino ; on me retint. Que s'est-il passé ensuite ? Je l'ignore. Il paraît qu'en tombant le jeune homme a poussé un cri. On s'est précipité sur les traces de Peppino, que les *serenos* ont arrêté. Il a fallu que nous venions tous donner des explications. Hélas ! ces explications n'ont point empêché que Peppino ne soit conduit en prison. Dieu sait maintenant ce qu'il y restera !

Et la petite Gitana soupira en s'essuyant de nouveau les yeux.

— N'est-ce pas un triste sort, monsieur, que de perdre du même coup son fiancé et son amoureux ?

Ce récit qui ne laissait aucun doute sur la sensibilité du jeune homme, ne jetait malheureusement aucune lumière sur sa personnalité. Mais comment la Gitana eût-elle révélé ce qu'elle-même ignorait !

Le docteur, n'ayant rien pu tirer de plus de l'enfant, s'en revint chez lui. Il y trouva son malade dans un grand état de surexcitation ; la fièvre l'avait pris. Le délire augmenta le lendemain, et pendant plusieurs jours, l'inconnu resta entre la vie et la mort. Enfin son état s'améliora, grâce à des soins assidus ; mais il ne parut pas, dès le premier abord, qu'il retrouvât la claire perception des choses en même temps que le retour aux autres fonctions normales.

Il se récriait vivement de l'audace qu'avait le docteur de porter la main sur lui, appelait ses gens pour jeter dehors cet insolent; et, comme aucun de ses gens n'apparaissait, il prit un soir le parti de se servir lui-même : je veux dire qu'il saisit un chandelier dont il se fit une arme, et qu'il commença d'en frapper son visiteur d'estoc et de taille en le reconduisant vers la porte. Il fallut arracher le docteur à cet enragé. On lui mit la camisole de force à grand'peine. Il ne cessait de déblatérer contre ceux qui l'approchaient, menaçant de les faire pendre tous haut et court. Mais un fait curieux se produisit. L'horloge du couvent voisin ayant commencé de sonner, le jeune homme tendit l'oreille pour écouter, et quand il eut compté neuf coups, il s'abandonna à un mouvement joyeux.

— Chut! dit-il aux assistants, en les écartant du geste, elle arrive; entendez-vous son pas?

Et soudain, radieux :

— Ah! je savais bien que tu viendrais, Conchita !

Puis il baissa la voix pour parler de plus près à l'être imaginaire qu'il croyait voir à son côté.

Et ce fut un long chuchotement coupé de silences qui marquaient la place de réponses que lui seul entendait.

Le fou s'endormit bercé au propre murmure de sa voix. A l'inspection du matin, le docteur le trouva plus gaillard. Il avait le rire sur les lèvres, et son œil, souvent égaré dans le vide, y semblait poursuivre un heureux souvenir.

— J'ai donc été bien malade, docteur? interrogea le jeune homme.

— Assez malade, mon ami; heureusement vous voilà mieux.

Devant le calme parfait de son pensionnaire, le docteur se demandait en effet si la crise de la veille aurait par hasard été la dernière.

— Alors je puis sortir?

— Pourquoi faire? demanda le docteur avec empressement.

L'inconnu le regarda d'un air défiant et ne répondit pas.

Le docteur descendit au jardin avec son malade et fut étonné de la complète lucidité dont celui-ci fit preuve dans les propos qu'ils échangèrent. Le jeune homme paraissait très au courant des mu-

tations opérées dans le clergé castillan et particulièrement familier avec le révérend père Antonio,
confesseur du roi. Comme renseignement, c'était
toujours cela.

Cependant le docteur, ayant été obligé de s'ab-
senter, fut très-étonné d'apprendre qu'aussitôt
qu'il avait eu le dos tourné, le jeune homme s'était
mis à faire des culbutes dans le jardin. L'étonnement du docteur fut d'autant plus vif que la façon
dont son interlocuteur reprit la conversation à
son retour témoignait d'un calme extrême et
d'une suite merveilleuse dans les idées. Or, le
malade n'était pas rentré depuis dix minutes dans
sa chambre qu'il se livrait devant les employés de
la maison à de nouvelles excentricités.

— Allons, il est bien fou! pensa le docteur;
mais quel abime que la folie! Qui pourrait se
flatter de déterminer où cette mystérieuse affection commence, où elle finit, en augurer les
phases et en donner le pourquoi. Voilà un brave
garçon qui était, il y a quarante-huit heures,
aussi sain d'esprit que je me flatte de l'être. Il
connaissait le nom de son père, autant du moins
que cela est permis, savait où il allait, d'où il

venait et peut-être même ce qu'il voulait. Aujour-
d'hui, il prend la fumée de sa cigarette pour une
bohémienne, et, après m'avoir présenté ses con-
doléances sur la mort de ma femme, il profite du
moment où je me retourne pour faire la culbute.
Tout cela parce qu'il a vu passer une jolie fille et
qu'il a reçu un coup de navaja sur la tête. . .
Très-curieux! très-curieux!

Le lendemain, le docteur sut que, le soir, à neuf
heures, le jeune homme avait été l'objet d'une hallucination semblable à celle de la veille. Il s'était
endormi en dialoguant avec Conchita. Le même
fait se reproduisit ponctuellement les jours qui
suivirent. La tête du docteur s'échauffa. Cette apparition à heure fixe, les alternatives étranges de
bon sens et de lubie du malade, le mystère dont
celui-ci restait entouré, tout s'unissait pour piquer
la curiosité du vieux praticien. Il découvrait dans
son blessé un sujet d'observations des plus inté-
ressants.

On traite ordinairement les fous par la rigueur.
Le docteur avait foi dans un système diamétrale-
ment contraire. Il croyait qu'en flattant les idées
du malade, en captivant d'abord sa confiance, on

devait prendre sur lui une autorité certaine et
le diriger dès lors à volonté. Loin de contre-car-
rer le fou, il l'entretint donc dans sa monomanie
et fit allusion devant lui aux visites de Conchita,
absolument comme s'il y croyait.

Le jeune homme s'abandonna d'autant plus
volontiers qu'il semblait éprouver un véritable
besoin d'expansion. Sous la douce influence du
bonheur qu'il se figurait goûter chaque soir, ses
nerfs se détendaient; gai, bienveillant, cordial,
il se laissait doucement aller au plaisir d'aimer et
de se croire aimé.

— Je crois que je le tiens, se dit le docteur,
qui suivait avec intérêt les progrès de leur amitié commune.

Pour mesurer le degré d'influence qu'il pouvait exercer sur l'esprit de son sujet, il imagina
de modifier à sa volonté l'heure des apparitions de Conchita. Un jour, il annonça qu'elle
viendrait à huit heures, un autre à dix heures
seulement, et les apparitions se produisirent aux
heures qu'il avait marquées.

Le docteur était enchanté. Il se sentait maître de l'hallucination de son malade autant que

du flambeau qu'il tenait à la main et qu'il pouvait à son gré promener d'un meuble sur un
autre, lever, abaisser, et, à un moment donné,
éteindre en soufflant dessus.

— Très-curieux! très-curieux! se répétait-il
tous les soirs en rentrant dans sa chambre.

Et, avant de se coucher, il ne manquait pas de
jeter quelques notes sur le papier, premiers élé-
ments d'un rapport qu'il se proposait d'adresser
au collége médical de San-Carlos à Madrid.

Au bout de quelques jours, il hasarda de
frapper un grand coup.

— J'ai vu Conchita, dit-il à son malade; elle
ne viendra pas ce soir.

Le docteur avait à peine achevé cette phrase,
que le fou lui sautait à la gorge.

— Tu mens, misérable, tu mens! s'écria le
jeune homme au comble de l'exaspération.

Le docteur n'eut que la ressource d'appeler à
l'aide. Il était fort meurtri quand on le dégagea;
mais il ne se plaignit pas parce qu'il avait été
rossé au nom de la science. Dans de telles conditions les coups n'étaient pour lui que de nobles
stigmates. Il eut soin de laisser près du malade

un gardien qui avait toute sa confiance. Ce gardien devait lui rendre un compte exact de ce qui se passerait dans la soirée.

Quand le docteur se réveilla, le soleil rayonnait dans sa chambre.

— Hum! pensa-t-il, il doit être tard.

Il consulta sa montre qui marquait neuf heures.

— Tiens, l'heure du fou!

Cette idée le ramena aussitôt à ses dernières préoccupations de la veille. Il fit prestement sa toilette, gagna le corps de bâtiment où il avait logé l'intéressant objet de ses études et...

J'ai besoin de reprendre ma respiration avant de vous dire ce qu'il y vit.

Ce fut d'abord, dans l'escalier, une fenêtre ouverte avec un carreau cassé. Puis, au bas de la fenêtre, des feuillages arrachés, le sol piétiné comme si l'on fût descendu par là.

Sous le coup d'un fâcheux pressentiment, le docteur s'élança vers la chambre de son pensionnaire. La porte en était ouverte toute grande comme la fenêtre. Dans le lit, dont la couverture était intacte, personne n'avait couché. Sur la table, le gardien vautré ronflait à côté de trois bouteilles vides. Quant au fou, bernique! il n'était plus là.

II

Je n'ai pas besoin de diré si, à ce spectacle, le désappointement du docteur Berganza fut profond. Il commença par entrer dans la plus grande colère à laquelle philosophe se soit jamais abandonné. Il appelait les uns, les autres, il sacrait, il frappait du pied, il secouait les meubles. Avec la moitié des jurons qui lui échappèrent en cette occasion, une demi-douzaine de braves gens eussent conquis aussitôt leur bon à brûler près le tribunal de la sainte inquisition.

Furieux contre le drôle ivre-mort auquel il devait l'éclipse de son précieux sujet, le docteur pensa d'abord à le flanquer par la fenêtre; mais il fit la juste réflexion que cela ne l'avancerait à rien. Il envoya avec plus d'à-propos son monde dans toutes les directions, ceux-ci pour fouiller la maison, ceux-là pour aller aux informations. De cette chasse, tous revinrent bredouille.

Là-dessus, le docteur fut en proie à un second accès ; mais une nouvelle bordée d'imprécations lui rendit le calme. Alors il prit son chapeau et descendit en ville. Ses réflexions étaient amères. Il pensait au système dont il avait été si près d'éprouver l'effet, au rapport qui devait lui valoir les félicitations du monde savant. Le fugitif lui paraissait l'être le plus ingrat du monde. Quelle reconnaissance montrait-il pour les soins qu'il avait reçus, quel respect pour les études dont il était l'objet ? Il semblait au docteur qu'en reprenant sa liberté, comme s'il s'appartenait, ce drôle avait mis le comble à l'indélicatesse.

— Mais je le rattraperai, ou nous verrons bien !

L'alcade dit au docteur qu'il allait mettre la police aux trousses du coupable et le reconduisit jusqu'à la porte en l'assurant de son zèle. Toutefois, comme le docteur connaissait le zèle de l'alcade, il se rendit à la principale imprimerie de Burgos et il y fit composer une large affiche ainsi conçue :

100 DOUROS DE RÉCOMPENSE

A CELUI QUI RAMÈNERA

A la maison de santé du docteur Berganza à Burgos

UN FOU

Qui s'en est échappé dans la nuit du 11 au 12 courant.

SIGNALEMENT :

Front, bas.

Yeux, bleus.

Cheveux, châtains.

Barbe, naissante.

Signe particulier, une blessure à peine cicatrisée à la tête.

En même temps qu'il s'assurait du prompt affichage de cet avis, le docteur l'expédiait aux principaux journaux du pays. Puis il retourna chez lui pour y attendre — aussi tranquillement que le lui permettait la plus vive impatience — le résultat de cette publicité. Le fait est qu'au bout de huit jours, elle ne lui avait encore valu aucune espèce de communication.

Le docteur multipliait ses démarches chez l'alcade. Pour stimuler son activité, il imagina de lui insinuer que son fou était très-dangereux.

— Hein? fit tranquillement l'alcade en s'adressant à son secrétaire, quand je vous disais que cette affaire n'était pas pressée.

Le docteur crut que l'alcade l'avait mal compris.

— J'ai dit très-dangereux.

— Très-dangereux; oui, j'entends bien. C'est ce qui me tranquillise. Si votre fou est très-dangereux, la police n'a que faire de chercher sa trace. Un crime va bientôt la lui révéler.

— Que feriez-vous donc, se récria le docteur, au cas où mon fou serait d'humeur douce?

— Eh, mais, répondit l'alcade, je me croiserais encore les bras. S'il fallait mettre en arrestation tous les fous qui ne font de mal à personne, les prisons n'y suffiraient pas.

Le docteur s'en retourna singulièrement déconfit. C'était un homme fort doux mais fort entêté. Quand il avait une fois mordu à une idée, on la lui eût plus difficilement fait lâcher qu'un os à un chien affamé. Ressaisir son fou, c'était son os, je veux dire son idée. Ce fou était devenu sa chose;

il le lui fallait. On n'est jamais bien servi que par soi-même. Le docteur le savait. En conséquence, il fit sa valise, flaira le vent, et supposant que l'inconnu venu de Madrid par Valladolid, avait dû prendre le même chemin pour y retourner, il monta dans la diligence qui partait pour cette dernière ville.

Dès le premier abord, il ne sembla pas que le ciel favorisât son projet. Deux accidents de voiture, dont l'un le versa dans un fossé, dont l'autre l'obligea de finir la route à pied, lui firent mettre vingt-six heures à franchir les seize ou dix-huit lieues qui séparent Burgos de Valladolid. Le docteur était depuis près d'une quinzaine sans nouvelles de son fou, quand il vint demander l'hospitalité à son confrère don Asinos, une des lumières de Valladolid.

Il ne s'écoulait presque pas de mois que don Asinos ne lui écrivit : « Quand vous verra-t-on, mon cher collègue? Lorsque vous viendrez à Valladolid, je n'entends pas que vous descendiez autre part que chez moi. Votre chambre est prête. Vous ne serez jamais indiscret. »

Comme il arrive ordinairement en pareil cas,

don Asinos fronça le sourcil d'une manière signi-
ficative en voyant apparaître le cher collègue sur
le seuil de son cabinet.

Si le docteur Berganza avait été capable de prêter attention à de pareils détails, il eût pu juger,
à la hâte avec laquelle don Asinos faisait disparaître dans un coffre un corsage rose et deux jarretières, combien sa visite était précisément indiscrète.

Les deux confrères ne s'en donnèrent pas moins
force accolades; mais la joie de se revoir les laissait interdits tous les deux. Le docteur Berganza
eut bientôt mis don Asinos au fait de ce qui le
préoccupait. Don Asinos se rabattit, pour expliquer son front soucieux, sur les embarras de la
politique.

— Ah ça! vous savez le bruit qui court? Le roi
aurait fait table rase de toutes les lois de l'étiquette.
La cause en serait, d'après les uns, la querelle
survenue entre le grand sénéchal et le capitaine
des gardes, sur la question de savoir si le second
avait, comme le premier, le droit de s'asseoir sur
un siége à trois pieds. Le roi en aurait profité
pour déclarer que dorénavant les gens de sa cour

s'assiéraient tous indifféremment sur les siéges qui leur conviendraient, qu'ils fussent à trois pieds ou à quatre, bas ou élevés, avec ou sans dossier; qu'ils s'assiéraient même à leur gré sur des chaises, sur des pliants, sur des fauteuils, sur des petits bancs, voire, s'il leur plaisait, par terre. Selon d'autres, un coup de tête du souverain aurait motivé cette mesure. Au moment de se coucher, à huit heures trois quarts, Sa Majesté aurait mis à la porte les deux gentilshommes de la chambre qui commençaient à lui dénouer les souliers, leur déclarant qu'à l'avenir il se coucherait quand il aurait envie de dormir.

— Parbleu! s'exclama le docteur Berganza d'un air approbateur.

— C'était faire un grand scandale, se récria aussitôt don Asinos. Tout cela est grave, mon ami, plus grave que vous ne paraissez le croire. Car, quand un gouvernement entre une fois dans la voie des modifications et des réformes, on ignore où il s'arrêtera. Aussi les bons esprits sont très-inquiets. Je ne vous cache pas que pour ma part...

— Vous voulez rire, fit le docteur Berganza.

— Non pas, mon cher collègue.

— Mais il s'agit de véritables niaiseries !

— N'importe. Si ces niaiseries sont tradition-
nelles elles doivent être respectées. Nos pères
avaient certainement leurs motifs en les insti-
tuant.

— Je veux le croire. Mais, s'ils avaient leurs
motifs pour les instituer, nous avons bien aussi
les nôtres pour les abolir. C'est la loi du progrès,
de supprimer ce qui n'a plus de sens ou d'amé-
liorer ce qui était perfectible. Il est heureux que
nos grands-pères n'aient pas eu le même respect
exagéré des traditions qu'ils pouvaient tenir de
leurs arrière-parents, sans quoi nous nous cou-
vririons encore de peaux de bêtes et nous nous
moucherions dans nos doigts. Tenez, les Patagons !
en voilà qui conservent les traditions ! Aussi, aujourd'hui comme il y a deux siècles, quand ils
rencontrent un voyageur qui leur paraît à point...

— Vous avez toujours passé avec raison pour
une tête exaltée, interrompit don Asinos ; je ne
pourrai jamais m'entendre avec vous sur ce cha-
pitre.

— Aussi ne viens-je point pour vous persua-

der, reprit le docteur, mais seulement pour retrouver le fou que je cherche. Vous m'y aiderez.

— Assurément, fit don Asinos.

— Je ne quitte pas Valladolid que je n'aie sa
trace.

Don Asinos eut peine à dissimuler une grimace.
Mais en regardant le coffre où venaient de disparaître la paire de jarretières et le corsage rose,
il lui vint une inspiration.

—Attendez donc, dit-il au docteur en revenant
sur le signalement du fugitif: le front bas, les
yeux bleus, une blessure à la tête... J'ai vu
l'autre jour quelqu'un qui ressemblait à cela.

— Où?

— Devant la maison. Un garçon jeune encore,
à l'air inquiet, qui demandait son chemin.

Le docteur Berganza fut debout en un clin
d'œil.

— Ne portait-il point des chausses vertes ?

— Des chausses vertes, fit don Asinos avec
une certaine hésitation — car il lui en coûtait de
mentir aussi effrontément — il se pourrait bien
en effet qu'elles fussent vertes.

Puis il jeta un coup d'œil au coffre, et résolu:

— Oui, décidément, je crois qu'elles étaient vertes.

— C'est mon fou! s'écria le docteur. Et quel chemin demandait-il?

— Le chemin de Ségovie.

— Il suffit, mon cher. Vous ne m'en voudrez pas; mais j'ai si grande hâte de le rejoindre! Quand je pense que quelques instants de retard peuvent suffire...

— Vous resterez bien au moins à déjeuner avec moi? fit don Asinos qui se rassérénait.

— Impossible. Il me faut tout de suite une voiture. Je mangerai en chemin.

Les deux amis se précipitèrent encore une fois tendrement dans les bras l'un de l'autre; puis le docteur Berganza partit à grandes enjambées, tandis que don Asinos s'adressait à lui-même des reproches sur sa vilenie. Il était juste que don Asinos eût des remords. Il se les fût pourtant épargnés s'il eût su qu'il mettait sans le savoir son collègue dans la bonne voie, car je puis dire, sans compromettre l'intérêt de cette histoire, que le docteur Berganza allait précisément retrouver à Ségovie les traces de son fugitif.

C'est ainsi que le hasard, qui est bon enfant, corrige quelquefois, par bonheur, les indélicatesses des hommes.

III

Notre voyageur trouva Ségovie dans une certaine agitation. Le roi venait d'y passer vingt-quatre heures. Arrivé le matin de Madrid, il était reparti la veille au milieu des acclamations de la foule. Ce fut au moins ce qu'apprit le docteur en descendant de la voiture insuffisamment suspendue sur les coussins de laquelle il jouait depuis huit heures le rôle d'un pilon de pharmacie.

— Alors le roi était encore ici ce matin ? demanda-t-il sur le chemin de l'hôtellerie au jouvenceau qui s'était chargé de son petit bagage.

— Oui, señor, avec sa suite. On me l'a montré. Un homme superbe, haut comme ça, avec des galons armoriés sur toutes les coutures.

— Que venait-il faire ici ?

— Je ne sais. On prétend qu'il fait une tournée dans le pays pour montrer qu'il est bien portant. On l'avait dit souffrant. En même temps il s'inquiète des besoins des uns et des autres.

— Voilà un zèle que je ne lui soupçonnais pas, murmura le docteur.

— Ah! c'est une brave Majesté, dit le jouvenceau. Ce matin, comme il sortait par la porte de Santiago, il a rencontré une troupe d'alguazils qui poussaient devant eux une demi-douzaine de malheureux dont ils activaient la marche à coups de triques.

« — Où menez-vous ces gens-là? demanda-t-il au chef des alguazils.

» — Sire, nous les menons en prison.

» — Ce sont donc de bien grands coquins?

» — Assurément, sire. N'enseignent-ils pas à leurs enfants que la doctrine de la transsubstantiation est fausse et erronée.

» — Eh mais, dit tranquillement le roi, je ne pense pas que cela fasse de mal à personne?

» — Pardon, sire. Il paraît que cela compromet leur âme. Aussi est-ce pour leur épargner les plus grands tourments après la vie que nous

18.

nous voyons forcés de leur en infliger quelques légers en ce monde.

» Le roi rêva un moment, puis il demanda au chef des alguazils :

» —Mon ami, êtes-vous bien sûr que la croyance à la transsubstantiation soit indispensable au salut?

» — Je ne me permettrais pas, répliqua l'alguazil, d'avoir une opinion là-dessus.

» — Imaginez pourtant que, par une erreur, bien excusable après tout en pareille matière, les adversaires de la transsubstantiation soient seuls dans le vrai. Ce serait grand dommage qu'en croyant faire le salut de ces gens, on les vouât aux flammes éternelles. D'autant plus que leur conversion aurait été faite à coups de bâton.

» — Cela est bien trop fort pour moi, s'écria l'alguazil.

» — Et pour moi de même, repartit le roi. Aussi n'en discuterai-je avec personne. J'estime que les opinions doivent être là-dessus d'autant plus libres, que nul n'est à même de réfuter sérieusement les idées de son voisin. Donc, lâchez-moi ces prisonniers, mon ami, pourvu que ce soient de braves gens, peu m'importe sous quelle figure il leur plait de se représenter le bon Dieu.

» Les prisonniers se hâtaient de profiter d'une si heureuse intervention, quand le chef des alguazils posa sa lourde main sur l'épaule de l'un d'eux.

» — Ah! pour celui-ci, dit-il, je le retiens. Il a donné, lui chrétien, asile à ces héritiques que nous poursuivions. Ni l'argent ni les menaces n'ont pu lui faire avouer où il les cachait. Il prétendait ignorer ce qu'étaient devenus ses amis. Nous avons fini par le convaincre de mensonge. Son affaire est bonne!

» — Comment! dit le roi, ce drôle a risqué sa liberté pour sauver celle de ces malheureux... Et c'est là tout son crime?

» — N'est-ce pas assez? demanda l'alguazil.

» Alors le roi :

» — Si! c'est assez pour me le faire estimer. Ne pas livrer ses amis poursuivis, les défendre dans l'infortune, cela est beau, savez-vous. Si cet honnête homme daigne accepter à son tour l'amitié que je lui offre, je veux lui donner un poste de confiance auprès de moi.

» Là-dessus, il fit monter à cheval près de lui le défenseur des hérétiques, qui se confondait en remerciments ; et c'est ainsi que le roi est parti, accompagné par les applaudissements de tous. »

— Et cela est authentique ? demanda le docteur étonné.

— Assurément ; je ne l'ai point vu, mais tout le monde le raconte.

— Quand don Asinos saura cela, pensa le docteur, il s'écriera que nous marchons aux abîmes.

Et revenant à son idée fixe :

— Dites moi, mon garçon, vous que votre genre de travail met en relations avec les étrangers, n'auriez-vous pas eu affaire, dans ces derniers jours, à un individu en chausses vertes, avec une blessure à la tête ?

— Votre blessure à la tête me rappelle, lui dit son conducteur, un jeune homme de l'escorte royale que j'ai vu ce matin dans la foule à la porte de l'hôtel où Sa Majesté descendit. J'étais à la fenêtre, ce qui fait que je remarquai qu'il avait une cicatrice, ici, au-dessus de l'oreille, dans un moment où il se découvrit.

— Je vous prie, dit le docteur haletant, décrivez-moi ce jeune homme.

Quand la description fut achevée, il s'écria joyeux :

— C'est mon fou !... Et que faisait-il quand vous l'avez vu ?

— Il tenait un cheval par la bride ; son costume était d'une extrême simplicité. Ah ! il ne portait pas des galons sur toutes les coutures comme le roi ! Je jugeai que ce devait être quelque valet d'écurie.

Le docteur pensa :

— Il se sera faufilé dans l'escorte, peut-être avec l'appui d'un ami, à moins qu'il ne fasse régulièrement partie de la maison du roi. Au fait, la façon dont il me parlait du père Antonio...

— Nous sommes arrivés, dit le conducteur, déposant à la porte d'une posada la valise dont il était porteur.

L'hôtelier s'avança :

— Il faut une chambre à monsieur ?

— Non ; seulement deux œufs sur le plat. Dans quelle direction est parti ce matin le roi ?

— Dans la direction d'Avila.

18.

— Je pars pour Avila. Une voiture tout de suite !

Le temps d'atteler, le docteur était prêt. Le cocher fouetta ses mules, et, tout en regardant les horizons de cailloux de la Vieille-Castille, le docteur se disait :

— Ce jeune roi est décidément un garçon plus sensé qu'on ne paraissait autorisé à le croire. Son jugement se forme. Il prend une attitude très-décidée. Je nourrissais à tort des préventions contre lui. Je le verrai, je l'intéresserai à ma cause, et si l'individu qui m'est signalé est, comme il paraît évident, celui que je cherche, Sa Majesté voudra sans doute me le faire reconduire à Burgos. Que diable ! l'intérêt du malade... celui de la science... mon rapport !...

Pendant ce temps, la voiture allait toujours. On s'informait en chemin du passage du roi.

— Vous l'avez vu ?

— Oui.

Plus loin d'autres dirent que non. C'était inquiétant. Il fallut revenir sur ses pas, interroger. On finit par comprendre que l'auguste voyageur avait quitté brusquement la direction d'Avila pour prendre celle de Salamanque.

Le docteur n'avait pas à discuter cette royale fantaisie. Il se contenta de modifier son itinéraire, tout en regrettant qu'il fût ainsi notablement allongé. Avec le retard qui résulta de ce contre-temps, les haltes indispensables pour le repos des bêtes et quelques heures de la nuit consacrées au sommeil dans une posada, le docteur n'arriva qu'au petit jour à Salamanque, justement comme le roi venait d'en sortir. L'équipage royal se dirigeait cette fois sur Talavera.

— Ce n'est pas un homme, bougonna le docteur, c'est un sylphe. A quelle heure Sa Majesté se lève-t-elle donc?

— Le roi, lui dit-on, s'est levé ce matin plus tôt qu'à l'ordinaire parce qu'il compte s'arrêter à Salvatierra pour y chasser.

Le docteur respira. Il avait la fièvre. L'idée de se trouver si près du but décuplait ses forces.

— Cocher, à Salvatierra!

En deux bonnes heures on fut à destination. Cette fois le docteur, ô triomphe! n'était plus en retard, mais bien en avance sur le roi. Dans la principale auberge du lieu on mettait le couvert pour les chasseurs, dispersés en ce moment aux abords d'une forêt voisine.

— Fort bien, se dit le docteur en regardant la table servie, je reste ici en observation.

Mais, à chaque instant, il se tournait dans la direction de la forêt, qui paraissait exercer sur lui l'irrésistible influence du pôle sur la boussole. Attendre assis, cela coûte quand le cœur vous élance. Le docteur préféra attendre en marchant. Insensiblement il s'égara sur le chemin de la forêt, et peu à peu, le plus naturellement du monde, il se trouva sous le couvert des arbres.

Le son des cors, lointain d'abord, se rapprochait. Le docteur se sentit l'estomac serré en pensant à son fou si près de lui peut-être...

Tout à coup le sabot d'un cheval retentit dans une allée, et, derrière les grêles taillis, il vit apparaître... Non, ce n'était pas une illusion, son fou lui-même ! S'élancer, le héler, ce fut pour le docteur le fait d'un mouvement spontané. Le fou, s'entendant appeler, revint sur ses pas ; puis, reconnaissant à qui il avait affaire, il ouvrit de grands yeux effarés et piqua des deux.

Le docteur, en le voyant disparaître, eut un cri

désespéré. C'était l'impression navrante du rêve caressé qui vous échappe. Il se jeta, éperdu, à la poursuite de son fou, cherchant autour de lui du secours, implorant une aide, prêt à s'écrier comme Richard III à Bosworth: « Un cheval! un cheval! Ma maison de santé pour un cheval! »

Et voici que, par enchantement, un cheval lui apparut, une brave bête qui paissait tranquille au pied d'un arbre où sa bride était nouée. Le docteur n'hésita pas à arracher la bride, à sauter sur le cheval; mais il comptait sans le propriétaire, qui, mollement étendu dans les herbes, poussa des cris de chat qu'on étrangle, dès qu'il se vit enlever sa bête avec tant de sans-façon. Bientôt deux ou trois voix répondirent à la sienne. Le docteur entendait crier derrière lui: « Arrêtez-le! Au voleur! au voleur! » Comme de raison il n'en pressait que plus vivement sa monture.

Avec l'avance qu'il avait prise, il eût peut-être échappé; mais la fatalité qui le guettait avait voulu que le propriétaire du cheval desserrât, pour le laisser paître, la courroie qui tenait la selle, de sorte qu'au moment où il s'y attendait le moins, le docteur fit demi-tour à droite et fut précipité dans les ronces. Ceux qui le poursuivaient en profitèrent pour lui mettre la main au collet avec une pluie de bourrades et de malédictions. Les explications du docteur n'eurent près d'eux aucun succès, et ils le ramenèrent à la ville tellement roué de coups, qu'il en eut pour deux jours à se remettre dans le cul de basse-fosse où on le jeta.

Quand le docteur se fut tiré avec force douros de cette méchante affaire, il y avait longtemps que le roi et sa suite étaient partis.

IV

J'ai déjà dénoncé le docteur Berganza comme fort entêté. Il était de ceux qui se rebiffent avec d'autant plus d'ardeur que la malechance est plus forte. Les déconvenues semblaient des coups de fouet dont s'activait son zèle. Maintenant qu'il était sûr de la présence du fou dans l'escorte royale, on ne lui eût fait abandonner la partie à aucun prix.

Aussitôt libre, il ne pensa plus qu'à se remettre

en route et partit pour Talavera. De Talavera il
était prêt à gagner, s'il le fallait, Manzanarès, de
Manzanarès Cordoue, de Cordoue Cadix. De Cadix
son ardeur l'eût sans peine emporté jusqu'à Tunis,
de Tunis à Suez et de Suez en Chine.

Il fit la route moitié à cheval, moitié en voiture. Talavera était encore à une bonne lieue,
que déjà il sortait la tête par la portière pour
demander aux gens qui passaient :

— Le roi est-il chez vous ?

Au premier qui répondit « oui », le cœur lui
battit violemment.

Cela ne l'empêcha pas de répéter sa question à
tous ceux qu'il rencontrait, peut-être afin de se
donner le plaisir d'obtenir d'eux la même réponse

En descendant de voiture, devant une affiche
qui témoignait que, depuis la veille, le roi n'a-
vait pas perdu son temps.

On y lisait :

« Nous, Pedro, etc.

» Attendu que les impôts sur les consommations ont le tort de rendre les charges trop égales
entre le riche et le malheureux ;

» Considérant que les seuls impôts agréables sont ceux qu'on paye volontairement;

 » Décrétons:

» 1° Les impôts sur les consommations sont abolis;

» 2° Ils seront remplacés par une série d'impôts sur l'amour-propre; soit:

» Pour les particules nobiliaires, 1,200 réaux par an;

» Pour porter les titres de duc, marquis, comte et vicomte, baron, président de société, membre d'académie, 1,800 réaux;

» Pour mettre des écussons sur ses meubles et immeubles, 2,400 réaux.

» Le port des décorations sera tarifié à raison de 40 réaux par mois; celui des plaques et des cordons au double de cette somme.

» Afin de pouvoir donner satisfaction au plus grand nombre de vanités possible, il sera pourvu à la création de trois nouveaux ordres:

» Celui des *Escarpins d'honneur*, se portant aux pieds, rubans violets: 1,000 réaux par an.

» Celui de la *Cravate glorieuse*, se portant au cou, ruban jaune: 1,500 réaux.

» Celui du *Chapeau triomphant*, se portant sur la tête, feutre blanc et houppes vertes : 2,000 réaux.

» Dans le cas probable où le produit de ces impôts dépasserait de beaucoup les prévisions, l'équilibre du budget serait rétabli par le dégrèvement successif des diverses autres charges pécuniaires qui pèsent sur notre bon peuple.

» Fait à Talavera, le...... »

En prenant connaissance de cette affiche, le docteur ne pouvait s'empêcher de sourire. Il pensait à la figure que devait faire don Asinos s'il la lisait par hasard en même temps que lui.

— Pour le coup, il doit s'écrier que voici la fin des fins et que le temps de l'antechrist est arrivé !

Le docteur s'informa de l'endroit où le roi était descendu. Il arriva fort à temps, car on prenait des dispositions pour le départ. Dans la cour, où il réussit à se glisser à la faveur du va-et-vient, les préparatifs indiquaient qu'on n'allait pas tarder à se mettre en marche.

Le docteur appréciait fort l'activité, mais il

19

n'en trouva pas moins que son souverain abusait
de cette qualité. Une crainte le poursuivait : celle
de se trouver nez à nez avec son fou avant d'avoir
pu exposer sa requête au roi. Heureusement le
fou ne se montrait pas.

— Où allez-vous? lui demanda tout à coup le
planton qui gardait la principale porte.

— J'ai besoin de voir le roi.

— Impossible. D'ici à une heure Sa Majesté ne
recevra personne.

— Et dans une heure?

— Elle sera partie.

— Vous êtes facétieux, mon ami. Tenez, voilà
dix réaux pour vous. Laissez-moi passer.

Le planton le repoussa.

— Pour qui me prenez-vous?

— Par pitié! fit le docteur avec désespoir.

— C'est inutile.

— Mon ami, vous ne savez pas que ce que j'ai
à dire au roi est de la plus haute importance;
que je viens de Burgos tout exprès, que j'ai déjà
manqué le roi trois fois : à Ségovie, à Salamanque
et à Salvatierra; que si ça continue...

— Vous me touchez, dit le planton. Passez vite

pendant que je vais tourner le dos. Vous monterez un étage. La chambre du roi est à gauche, au fond.

— Oh! mon ami! s'écria le docteur avec expansion.

Il allait s'élancer.

— Et les dix réaux? demanda le planton.

— Vous n'en vouliez pas...

— C'est qu'on me regardait, fit le brave garçon en empochant l'argent.

Le docteur monta l'escalier. Il tourna à gauche, traversa une première pièce, puis une seconde, au bout de laquelle était une porte entre-bâillée. Celle de la chambre du roi, sans doute. Le docteur se dirigeait vers cette porte, quand un coup de talon sur le plancher le fit retourner. L'auteur du bruit était un individu qui reposait le pied par terre après avoir donné, sur l'appui de la fenêtre, un coup de brosse à l'une de ses bottes. Le docteur changea de visage.

— Hein?

— Ho!

Ces deux exclamations se croisèrent avec la rapidité de deux balles échangées. Le docteur et son fou se trouvaient face à face.

Le fou lâcha sa brosse à reluire et chercha du regard une issue.

— Il va s'échapper! se dit le docteur.

— Il veut s'emparer de moi! pensa le fou.

Et, se voyant la retraite coupée du côté de la porte, il ne fit ni une ni deux, et sauta par la fenêtre.

Le docteur eût vu son fameux rapport s'envoler tout seul par la croisée qu'il n'eût pas été moins décontenancé. Il fit un bond en étendant devant lui les deux bras avec une telle ardeur, que le corps suivit l'impulsion des bras, et que, cette impulsion ayant la fenêtre pour objectif, il se trouva, en moins de temps qu'il n'en faut pour dire « ouf », du premier étage dans le jardin.

Le fou avait sauté avec la souplesse d'un écureuil. Le docteur voulut se lever pour le poursuivre. Impossible! il était cloué au sol par une entorse. En un instant le jeune homme fut hors de vue. Le docteur étranglait de fureur. La seule volonté de se mettre à quatre pattes lui arracha des cris de paon. On accourut, on le releva et on le porta dans un lit où il dut rester six semaines sans bouger.

Je n'ai pas besoin de dire si le roi était loin quand il en sortit.

V

Pendant les six semaines qu'il dut garder la chambre, le docteur Berganza ne décoléra pas. Il se démenait sous ses draps comme un beau diable du matin au soir, et il y avait de quoi. Avoir une entorse quand on est pressé de courir; se sentir moralement des ailes et physiquement un fil à la patte. C'est cependant la vie! Pour tuer le temps, le docteur lisait. Il se jetait de préférence sur les journaux. En y suivant le récit des voyages du roi, il se figurait faire partie de l'escorte. Il se donnait ainsi l'illusion de ne pas perdre de vue son fou. C'était une consolation.

— Hé, direz-vous, pourquoi le docteur n'écrivait-il pas au roi pour lui soumettre sa requête?

Si vous croyez que le docteur n'eut pas cette idée-là! Ce fut même la première qui lui vint. Seulement, il réfléchit qu'avant de rejoindre le

roi, dont l'itinéraire témoignait d'une grande
fantaisie, sa lettre avait vingt chances contre une
de s'égarer; que, de plus, arrivât-elle à destination, le roi, à travers ses continuels déplacements,
aurait peut-être d'autre souci que d'y répondre.
Le docteur se dit surtout que le roi n'ouvrirait
pas sa lettre lui-même, qu'un subalterne pouvait
en rompre le cachet, que ce subalterne pouvait
être un ami de son fou, qui sait, son fou lui-
même! Alors il se représentait le fou, prévenu,
prenant la poudre d'escampette; il le voyait par
les yeux de son imagination inquiète, passant en
Portugal sur un cheval qui dévorait l'espace,
franchissant les Pyrénées dans une berline enve-
loppée d'un nuage de poussière, s'embarquant
pour l'Italie, cinglant toutes voiles dehors, vers
les Indes.

Voilà pourquoi le docteur, tout en jurant,
répétait « Patience! » et se bornait à suivre de
l'œil la royale escorte à travers les comptes rendus
des journaux.

Ces récits ne pouvaient d'ailleurs qu'accroître
l'estime que le docteur éprouvait déjà pour la
personne du jeune souverain. Ils lui montraient

une nature droite, ouverte, éminemment sympathique. La faiblesse ne paraissait pas avoir de plus ardent défenseur que le prince; l'injustice, d'adversaire plus décidé. Un fonds sérieux s'alliait en lui à des dehors fantasques. Nul n'était moins apprêté dans ses manières, moins disposé à sacrifier à la vulgarité et aux préjugés. D'une humeur apparemment aimable, il rompait carrément, mais sans éclat, comme en en jouant, avec toutes les traditions vermoulues. Il avait la décision prompte; ses reparties, marquées au coin du bon sens, se distinguaient par cette sorte de verve familière, cette vivacité et cette fantaisie qui, mieux que de pesants discours, frappent la foule et la convainquent.

Parmi les traits du jeune roi, qui emplissaient les gazettes, un de ceux dont le docteur Berganza se montra le plus charmé fut le suivant, ainsi rapporté dans le journal de Saragosse :

« En arrivant hier sur la grande place, le roi se trouva devant un tas de bois et de papiers auquel on s'apprêtait à mettre le feu.

» Le roi demanda la raison de cette flambée

qui ne concordait pas avec la Saint-Jean. Il lui fut répondu que le feu qu'on allait allumer avait pour but d'anéantir de mauvais écrits.

» — Parbleu! fit le roi, je serais curieux d'en connaitre quelques-uns.

» — Ce manuscrit, dit le grand exécuteur, est celui d'une tragédie dont la censure a interdit la représentation.

» — Et pourquoi donc ?

» — On y trouve les maximes les plus outrageantes pour la royauté. Par exemple, qu'un monarque est un traitre s'il garde le pouvoir contre la volonté de son peuple.

» — C'est l'exacte vérité, remarqua le roi.

» — Qu'un prince coupable ne saurait être à l'abri des lois. Il y a là-dessus une tirade...

» — Dont la censure s'est empressée de me faire l'application. Voilà une impertinence dont je me souviendrai. Moi, je ne trouve pas que ce soit l'auteur, mais bien la censure qui m'outrage.

» Sur quoi, tirant de sa poche un crayon, le roi écrivit en tête du manuscrit :

» *Bon à représenter.*

» Puis prenant un volume au hasard :

» — Qu'est-ce que ce livre?

» — C'est, dit le grand exécuteur, une de ces œuvres pernicieuses qu'on ne saurait trop interdire. Sous prétexte de chercher des améliorations au sort des malheureux, son auteur fait la critique de la plupart de nos institutions.

» — Le motif est au moins louable, dit le roi. Et si nos institutions prêtent le flanc à la critique...

» — Il est bien possible qu'elles y prêtent le flanc; mais pouvons-nous laisser condamner le présent au profit d'un avenir problématique? Foin des utopies! C'est en nourrissant le peuple de ces chimères qu'on le dégoûte de son sort!

» — Ou qu'on l'encourage en donnant à son existence un but, dit le roi. Je vois, poursuivit-il, que ce volume est un bon livre, puisqu'il est du nombre de ceux qui font réfléchir... Et quand il montrerait l'avenir plus brillant qu'il ne doit être, où serait le mal? N'est-ce pas une agréable chose que de se leurrer de temps en temps d'un beau rêve?

» Le roi venait de toucher du doigt un autre volume.

19.

» — Oh! celui-ci est d'un savant qui attaque la religion, fit avec empressement le grand exécuteur.

» — Ah bah !

» — Oui. Il prétend que la terre a vingt-cinq mille années d'existence, ce qui est en contradiction flagrante avec les livres saints, qui ne lui donnent que six mille ans.

» — S'il ne prouve pas la chose, les livres saints n'en souffriront guère, dit le roi.

» — Mais il la prouve, se récria le grand exécuteur.

» — Alors, dit le roi, son œuvre est excessivement curieuse.

» Il désigna un autre volume :

» — Et celui-ci ?

» — C'est un livre d'histoire. Ne l'ouvrez pas, sire! Vous y verriez vos prédécesseurs attaqués dans la plupart de leurs actes.

» — Tel est, hélas! l'enseignement que le passé lègue trop souvent au présent. Pourquoi ne m'a-t-on pas communiqué ce livre?

» — L'auteur se permet de donner des conseils à Votre Majesté.

» — Hé... peut-être ces conseils ont-ils du bon ! Donnez-moi un exemplaire de ce livre. Vous distribuerez tout le reste aux bibliothèques publiques.

» — Sa Majesté paraît ignorer que la plupart de nos villes n'en ont point.

» — Tant pis. Ce sera donc le moyen d'en ouvrir.

» — Sire, il y a une raison majeure pour ne point ouvrir de bibliothèques dans beaucoup de localités.

» — Laquelle donc ?

» — C'est qu'on n'y sait pas lire.

» — Eh bien, dit le roi, gardez toujours les livres. Je veux, dès ma rentrée à Madrid, m'occuper de fonder des écoles. Par ma foi ! J'entends que tous sachent lire. Ne serait-il pas fort triste qu'un pauvre diable qui reçoit une invitation à dîner s'allât pendre, la prenant par ignorance pour une sommation d'huissier ! »

Après avoir lu des récits de cette espèce, le docteur Berganza restait songeur :

— Ce n'est pas un homme ordinaire, se disait-il, que celui qui montre une telle largeur de vues, une décision aussi rapide et aussi nette. Il y a dans ce jeune roi l'étoffe d'un grand législateur. J'aime cette résolution avec laquelle il va droit aux questions les plus graves, et cette mâle tranquillité avec laquelle il les tranche. Mais où peut-il avoir appris à juger ainsi? Ni ce rare bon sens, ni cette saine philosophie ne peuvent lui venir de son père. N'importe, c'est un sage avec lequel je serai heureux de m'entretenir. Je suis sûr qu'il me fera bon accueil et que nous nous entendrons ensemble.

Dès qu'il put faire quelques pas d'un pied plus affermi, le docteur se remit en route. Il ne lui restait qu'à gagner Madrid, où le roi venait de rentrer pour se reposer de ses pérégrinations.

Un des principaux villages que le docteur devait traverser était dans la plus grande animation quand il y passa. Des gens poudreux, chargés de sacs et coiffés de képis, se précipitaient à droite et à gauche en appelant.

A leurs cris, les portes des maisons s'ouvraient. De joyeux visages, des bras tendus apparaissaient : « Félipe. — Tomaso! — Par ici! —

José ! — Hein ? — Ah ! — Hé ! — Lorenzo ! — Maria ! — Enfin ! — Fernando ! — Doux Jésus ! — Juanita ! — Pepillo ! — Le voilà ! » Les petits noms, les exclamations, les interjections se croisaient en tous sens et l'on ne voyait plus qu'individus dans les bras les uns des autres.

— Qu'est-ce qui se passe donc ? demanda le docteur en mettant la tête à la portière.

— Ce sont nos enfants qui nous reviennent, lui répondit un gros père d'apparence réjouie.

Et, comme le docteur ne paraissait pas au fait :

— Vous ne savez donc pas la grande nouvelle ? L'armée est licenciée. Plus de guerre ! Nos chefs n'iront plus se couvrir de gloire chez les voisins ; mais aussi les enfants qui nous ont donné tant de mal à élever, ces enfants qui ont été notre souci et notre joie de toutes les heures, n'iront plus engraisser de leur sang le sol étranger.

Il lui montrait en même temps le gaillard qui lui serrait les mains.

— Voici de bonnes jambes qui vont pouvoir maintenant arpenter la plaine et conduire la danse le dimanche ; voici des bras solides qui

vont pousser la charrue et serrer la taille des
filles. Cela ne vaudra-t-il pas mieux que de se
les aller faire couper sans savoir au juste pourquoi?

— Si, parbleu! s'écria le docteur.

Cependant il observa :

— Mais si les nations voisines nous attaquaient?

— Oh! cela n'est pas à craindre, fit le paysan.
Il y a convention mutuelle avec eux. Notre bon roi
leur a fait décider qu'à l'avenir les différends inter-
nationaux se videraient à la courte-paille.

— A la courte-paille! s'écria le docteur en
ouvrant de grands yeux.

— Ma foi, lui dit son interlocuteur avec bon-
homie, le hasard est le même avec les armes
ou avec la courte-paille, et la courte-paille a au
moins pour elle la rapidité et l'économie.

— C'est juste, pensa le docteur, admirant
l'aimable fantaisie qui s'alliait à une si haute
sagesse dans l'esprit de son souverain.

Le cocher toucha ses bêtes qui prirent le trot;
et, tandis que le docteur s'éloignait, les bonnes
gens continuaient de s'embrasser aux cris cent
fois répétés de : « Vive le roi! »

VI

Le premier soin du docteur, en arrivant à Madrid, fut de s'assurer d'une audience pour le lendemain.

Il avait un ami, jadis bien en cour, dont il s'empressa d'aller réclamer l'appui. L'ami était absent; mais il ne se fut pas plus tôt nommé que le domestique lui fit un chaleureux accueil.

— Asseyez-vous donc. Que vous offrirai-je? Monsieur est-il pour longtemps à Madrid? Aurons-nous le plaisir de le revoir?

Le docteur fit connaître le motif de son voyage.

— Vous voulez voir le roi? s'écria Pablo. Ah! ce n'est pas difficile. Il n'y a pas de bourgeois dans Madrid qu'on aborde plus aisément. Faites passer votre carte au secrétaire, je vous réponds que vous serez reçu tout de suite. Entre huit et dix, il est bien rare que le roi sorte. Du reste, pour plus de sûreté, mon maître pourra annoncer votre visite au palais... quoiqu'il n'y mette plus les pieds.

— Pourquoi donc?

— Monsieur boude. Vous comprenez que, depuis trois mois, les partisans du vieux régime sont bouleversés de ce qui se fait. Aussi l'ex-président du conseil est tous les jours en proie à des spasmes, et le père Antonio a, dit-on, la jaunisse. Mon maître n'en est pas encore là; mais son humeur est massacrante. On ne se voit pas de gaieté de cœur, à son âge, dérangé dans ses petites habitudes. Depuis le nouveau régime, il trouve tout mal. Tenez, ce matin, en lisant le décret qui donne à tous les boutiquiers la liberté de vendre ce qu'il leur plaira, il s'écriait, en haussant les épaules à se les démancher : « Quelle pitié ! On verra le même marchand vendre du sucre et de la moutarde ! » Et il en pouffait. « Te souviens-tu, Pablo, me rappelait-il, de ce jour où nous avons fait tout Séville sans trouver une paire de raquettes, les tabletiers croyant que les boyaudiers seuls avaient le droit d'en vendre, à cause du réseau, tandis que les boyaudiers croyaient que les tabletiers seuls en pouvaient tenir, à cause du bois. » Et il soupirait : « Ah! c'était le bon temps... Il y avait de l'ordre en toutes choses. »

— Quel original! s'écria le docteur.

— Hé! monsieur, il n'est pas seul à parler ainsi, repartit le Frontin.

— A qui le dis-tu? fit le docteur qui pensait à don Asinos.

Puis il demanda avec intérêt :

— Est-ce que le parti des mécontents est nombreux?

— Nous l'appelons « le parti des grognons », dit Pablo. Il se compose de tous ceux à qui les nouvelles mesures enlèvent un titre qui constituait leur seule valeur, ou un monopole fructueux, ou une grasse sinécure, ou bien, tout simplement, comme à mon maître, une habitude. Cela représente encore assez de monde. On n'a pas idée combien les gens qui se trouvent à leur aise aiment peu le changement. Mais, comme il y a beaucoup moins de gens à leur aise que de gens mal à leur aise, il advient qu'en somme il reste toujours une majorité considérable en faveur du changement.

— Alors la masse est favorable au roi ?

— Si elle lui est favorable ! Mais elle l'adore, monsieur, elle l'adore ! Ne serait-elle pas d'ailleurs bien ingrate autrement ?

— Je vois, interrompit gaiement le docteur, que vous n'appartenez pas au parti des grognons.

— Pour ça non. La fréquentation des anti-chambres ministérielles ne m'a pas corrompu. J'admire de tout mon cœur le jeune roi. J'aime cette verdeur qu'il apporte dans tous ses actes. Il a une manière de rendre la justice qui fait plaisir. La manière dont il a résolu, par exemple, la question de la prison préventive... hein, comment ? Vous ne connaissez pas ?... Oh ! c'est très-ingénieux.

Pablo s'assit familièrement près du docteur et continua :

— Imaginez-vous qu'un pauvre diable avait été arrêté pour un prétendu vol. On a reconnu depuis son innocence ; mais peu importe. Il était depuis plusieurs semaines en prison, attendant qu'on décidât de son sort. On lui disait : Patientez, mon ami, patientez, votre tour viendra. » Mais il ne s'en impatientait pas moins. Il avait été arraché à son travail ; les siens épuisaient leurs dernières ressources. Il eut la bonne idée de porter plainte au roi contre la détention arbitraire dont il était l'objet. « On me dit qu'on s'occupe de moi, lui écrivit-il, qu'on cherche les preuves de ma culpabilité : mais si on ne les a pas, je me demande de quel droit on me retient. Il y a deux mois que cela dure. On peut maintenant m'acquitter, je n'en aurai pas moins subi ma peine. Pour avoir été présumé coupable, j'aurai donc été traité comme si je l'étais. » Le roi trouva la requête juste, car il se rendit chez le juge d'instruction. Il le trouva dans son jardin, sous une tonnelle, fumant une cigarette et dégustant son café devant les reliefs d'un agréable déjeuner. Le roi lui parla de l'affaire. « J'ai là le dossier dans mon bureau, dit le juge. Je vais examiner cela un de ces jours. — Est-ce que ce sera long? — Je ne sais pas, j'ai tant à faire! » A ce moment, on venait avertir le juge que sa voiture était attelée pour la promenade. Le roi fit donner un mot au cocher pour qu'il allât chercher et ramener le prisonnier. Quand ce malheureux parut, il lui indiqua le siége que le juge venait de quitter, puis il lui dit : « Asseyez-vous là, mon ami. Voici du pâté, des fruits, du café et des cigarettes. Usez-en, ne vous gênez pas... Êtes-vous bien sous cette tonnelle? Je vous propose d'y rester jusqu'à ce que votre affaire ait été étudiée. » Puis au juge : « Je crois que vous avez ici beaucoup de causes de distraction. Vous me remercierez de vous offrir un lieu favorable au travail. La cellule de ce pauvre diable est vacante. On va vous l'ouvrir. Aussitôt le dossier étudié, vous serez libre. »

Pablo se prit à rire.

— Depuis ce jour-là, dit-il, ce sont les juges d'instruction qu'on soumet à la détention préventive que supportaient autrefois les prévenus. Aussi est-ce étonnant combien les affaires judiciaires sont promptement portées au rôle.

— Si don Asinos n'a pas un coup de sang à cette nouvelle! pensa le docteur.

Pour lui, il ne sentait qu'accroître d'heure en heure son désir d'entrer en relations avec un prince qui donnait aux idées sages un tour si original.

— Il n'a peut-être pas tort de vouloir ainsi frapper l'esprit du populaire. La vérité grave ne vaut pas toujours comme effet celle qui s'entoure de grelots.

Le lendemain matin, huit heures venaient à
peine de sonner, que déjà le docteur franchissait
le seuil du palais. Il fit passer sa carte au secrétaire,
et, comme Pablo le lui avait annoncé, il fut aussitôt invité à se rendre dans la partie des bâti-
ments affectée au logement du roi.

Le docteur marchait tête basse en ruminant les
paroles qu'il allait adresser à son souverain. S'il
eût été moins préoccupé, il eût pu voir, au milieu d'une petite cour solitaire, un individu qui,
en le reconnaissant, se repoussa avec une sorte
d'effroi vers le mur. Le docteur avançait, et l'individu put croire un moment que c'était vers lui.
Ses yeux s'ouvrirent démesurés. Il se trouvait
près d'un puits, et peu s'en fallut qu'il ne s'y jetât
pour échapper. Tout au moins en mesura-t-il la
profondeur du regard. Là-dessus, le docteur ayant
par hasard levé le nez, le fou fit un bond, et, avi-
sant un seau plein d'eau, il y plongea la tête,
comme éperdu.

Si le docteur eût été moins préoccupé, voilà ce
qu'il eût vu ; mais le docteur, sans soupçonner
ce qui se passait à quelques pas de lui, poursuivait tranquillement son chemin. Il gravit l'escalier

de marbre, ainsi qu'on le lui avait indiqué, se fit reconnaître au premier étage, et fut introduit dans une pièce où on lui dit d'attendre.

Il était bien là depuis dix minutes, tantôt arpentant la pièce, tantôt s'asseyant, regardant les marqueteries du plancher ou comptant les rosaces du plafond, lorsque l'officier de service qui l'avait fait entrer reparut :

— Je croyais le roi chez lui ; mais je ne le trouve pas. Il a pourtant été prévenu de votre visite. Je vais le chercher encore.

L'officier disparut. On entendit à droite et à gauche des bruits de pas et des interrogations échangées, puis un long silence, puis une vague rumeur dans la cour, un grand mouvement dans les couloirs qui longeaient la pièce, enfin la porte du cabinet voisin s'ouvrit violemment.

— C'est affreux ! disait une voix.

Et quelqu'un qui parut les traits bouleversés, s'écria :

— Vite, un médecin !

Le docteur se nomma et offrit ses services. L'individu lui saisit la main et l'entraîna dans le cabinet. Là, sur un divan, un jeune homme était étendu, ses cheveux collés sur les tempes.

Un garde du palais racontait dans un coin :

— Je l'avais bien vu, de l'étage éloigné où je me trouvais, tourner autour du puits et se pencher vers le seau ; mais je ne pouvais me faire aucune idée de sa résolution. Ce n'est que, lorsqu'en revenant à la fenêtre, je le vis toujours penché dans la même position, que je commençai à m'inquiéter. Je descendis...

Le docteur considérait le jeune homme avec une indicible émotion. Il s'approcha de lui haletant, écarta les mèches humides qui masquaient son front pâle. Non, il n'y avait pas à douter. C'était bien celui qu'il aspirait depuis si longtemps à rejoindre, l'objet de ses poursuites forcenées : c'était son fou ! Dans l'état où il le retrouvait, le docteur ne savait plus s'il devait se réjouir ou se désoler. Il essaya de le faire revenir, et, voyant l'inutilité de ses tentatives :

— Vous auriez dû mieux le garder ! soupira-t-il à l'oreille du personnage qui l'avait amené. Dans son état de folie...

— De folie ! fit son interlocuteur stupéfait.

Il tira le docteur à part :

— Vous croyez qu'il était fou?

— Parbleu! dit le docteur, je le connais bien. Je l'ai gardé douze jours dans ma maison de santé.

— Douze jours! Vous vous méprenez. A quelle époque?

L'inconnu parut recueillir ses souvenirs.

— Eh! mais attendez donc... Ces trois semaines pendant lesquelles nous fûmes en si grand'peine de lui...

Le docteur fixait en même temps les dates.

— Précisément! C'est le temps pendant lequel il disparut. On racontait qu'il l'avait consacré à de profondes méditations dans la solitude. Fou! est-ce Dieu possible?

Le docteur montra à son interlocuteur la cicatrice restée visible sur la tête du jeune homme; il lui en exposa rapidement la cause et les effets.

Son interlocuteur était consterné.

— Oh! mais vous allez le sauver, docteur; vous allez le sauver, n'est-ce pas?

Le docteur se rapprocha du divan et donna à ceux qui l'entouraient toutes les indications utiles pour combattre, s'il se pouvait encore, l'asphyxie du malheureux.

Vains efforts ! le jeune homme restait livide et froid sur la couche où on l'avait étendu.

— Eh bien, docteur ? dit un personnage à longue robe, le père Antonio, qui venait d'entrer.

— Eh bien, dit avec désespoir le docteur Berganza, la science est impuissante. Il a cessé de vivre.

Le père Antonio se tourna vers les assistants et, donnant l'exemple en pliant le genou :

— Messieurs, dit-il, le roi est mort.

— Le roi ! fit le docteur qui croyait rêver.

Tous les assistants s'étaient inclinés, pâles, respectueux, découverts, devant la couche funèbre.

— Le roi ! se répétait le docteur affolé à son tour.

Ainsi finit don Pedro, roi d'Espagne, dans la vingtième année de son âge. Il n'est pas besoin de dire que, le lendemain de sa mort, le souverain pouvoir retourna aux mains de ceux qui n'attendaient qu'une occasion pour s'en ressaisir, et que, sans explications, tous les décrets qu'il

avait signés furent du jour au lendemain rappor-
tés. Les funérailles qu'on fit au jeune prince
furent splendides. La population en larmes y as-
sista tout entière. Une souscription nationale fit
les frais de sa sépulture et sur la pierre tumulaire
l'opinion publique traça ces mots:

AU PLUS SAGE DE NOS ROIS !

FIN

TABLE

IMPRIMERIE CENTRALE DES CHEMINS DE FER. — A. CHAIX ET Cⁱᵉ.
RUE BERGÈRE, 20, A PARIS. — 18918-7.